U0027229

日之東・月之西

EAST OF THE SUN AND WEST OF THE MOON

·北歐故事集·

彼得・克利斯登・亞柏容森
Peter Christen Asbjørnsen

容根・因格布利森・莫伊
Jørgen Engebretsen Moe

原著

凱・尼爾森
Kay Rasmus Nielsen

繪圖

劉夏泱
編譯

王子在水面上看見拉西美貌臉龐的倒影，發現了坐在樹上的拉西。（〈拉西與她的教母〉）

EAST OF THE SUN AND WEST OF THE MOON

OLD TALES FROM THE NORTH

ILLUSTRATED BY
KAY NIELSEN

HODDER & STOUGHTON

本圖為 1914 年當時紐約出版黑皮本的書名頁。

目次

插圖目次

ILLUSTRATIONS

編譯者序
《日之東·月之西》

劉夏泱

　　很久很久以前，當世界和人類都比較年輕的時候（儘管對現在的我們而言反而是古老的），發生了許多故事。那些帶有「嚴肅」的寓意的故事，就成了神話或傳說；而有些只為樂趣，就成了童話故事；還有不少，人們也說不清它們帶有的目的，卻自然地流傳了下來，就是民間傳說故事。本書是北歐民間傳說故事集，它之所以變得非常有名，主要要歸功給它的插畫者，黃金時期的傑出插畫家——凱·尼爾森（Kay Nielsen, 1886-1957）。在它的英文譯本中收錄了十五則故事，但基於篇幅和其他因素的考慮，我從當中選擇了附有彩色插畫和特別有趣的故事，共十二則。

　　北歐日耳曼民族的民間傳說故事（folktale）裡，在許多方面反映了北歐人的生活和觀念。在他們的生活環境裡，濃霧瀰漫、潮濕陰冷、風暴頻繁、崎嶇不平，這種自然環境並不適合進行友好而愉快的事業。從古人的眼光看來，陸地和海洋本身就彷彿擁

有生命似的。超自然的力量總是騷動不安，隨時可能發出怒吼、吐出火焰、將人吞噬，而北歐人以既尊敬又反抗的態度面對未知。他們的冒險故事充滿了勇氣的色彩，儘管也有導致悲劇的騙局。人們常常在北歐傳說裡發現一種獨特的生命哲學，它顯示了一種不可征服的行動主義。日耳曼民族的神祇和英雄如果不從事冒險活動、不行動、不設謀或組織某些宏偉的事業，不抵抗各種各樣的力量，那他們就不是自己了。

雖然民間傳說故事可能不像神話故事那麼虛無縹緲，也不如童話故事那麼純真無邪；然而它們通常被視為是虛構的散文體敘事作品。無論虛構或真實，這些語言所編織的敘事，都展露了赤裸裸的人性，人性的各種樣貌和狀態：愚蠢和智慧、怯懦和勇氣、光明和黑暗等等。古希臘哲學家亞里斯多德（384-322 BC）認為，詩人（文學家）的職責不在描述已經發生的事，而在描述可能發生的事。所以這些文學作品是比歷史記載更富哲學性和嚴肅的藝術，因為它們傾向於表現更具有普遍性的事。無論人們是否接受這個見解，所謂的真實事件和虛構想像之間的關係，很可能遠較我們所想的複雜，畢竟很多時候在我們的心中它們往往是糾纏在一起的。

丹麥著名的哲學家齊克果（Søren Aabye Kierkegaard, 1813-

1855），儘管曾經嚴苛地批評了同是丹麥人——安徒生的童話作品，然而，他卻曾經表示：「我要是能找到一個老師就好了。」他所說的老師，並不是指講授古代語言、或是文學、或是哲學史的老師；而是「能夠用不一樣的、模糊的、讓人懷疑的方式給我講授關於存在和人生的模糊的思考藝術的人。」那麼，這不正是這些表面上荒誕不經、卻另有深意的故事，可能啟發我們的嗎？

　　無論我們是否能找到齊克果所說的那種良師，幫助我們從前人的作品中學到許多的東西；在我們支離破碎的生命裡的驚惶時刻，提供給我們一種四海一家的撫慰性力量；甚至改變我們原先對生活僵固了的信念和對未來的美好想像。但我們卻不能懶惰，仍然需要記取有一些東西，我們是無法直接從前人那裡學來的，那就是真正的變化多端的人性。因為，每個世代都如同是從新開始，正如每個個別生命一樣，沒有一代人是從前人那裡學習如何真正去愛的。如果任何人想和前人不一樣，希望能走得更遠，但卻不願意與愛同行，那就是一種太過天真的想法了。好的故事可以是良師，但我們是否願意成為好學生呢？

推薦序
我們為什麼離開童年？

張依蘋（馬來西亞詩人·作家）

人為什麼要離開童年？當我讀這本譯作時，我腦海裡冒現這個句子。而夏淀給我的答案是：「不需要離開啊！」他輕鬆地回答，促成了我這篇序文想談的命題。

阿拉伯詩人阿多尼斯（Adonis，原名Ali Ahmad Said Esber, 1930-）聲稱，他只過一種生活，也就是「童年生活」。那麼，也就是說，詩人是不離開童年的。我但願自己也沒有，所以我期待可以與許多人在童年裡相遇。

《日之東·月之西》這本書，在內容上是北歐民間傳奇故事，夏淀則說它是一個國家童年時期的傳奇文學。儘管它們本身未必是兒童故事。但作為讀者，我會更把這個脈絡理解為：它們並非故去的事，而是進行式，甚至是未來式。

我為何有此一說呢？

我贊成：「人不需要離開童年」。那麼，人為什麼以為自己應該離開童年，而紛紛離開童年？人不只活於形體，人更是活在精神。經歷過那麼多探險、無中生有、渴望、收穫的童年記憶，

是生命一大資源。它讓我們記得生命的莊嚴，旅程本身的壯闊與奇妙，以及自己的傳奇。人怎可以一再忘記自己？一再遺棄自己？一邊活著，卻一邊丟失呢？我認為生命應該是持續地累積，以致集自己之大成，而非一再無情否定自己前此的存在。因此，所謂大人，應該是「童年＋少年＋青年＋……」的存在體，否則尚不能稱之為「成人」，而是「未完成人」。人有了童年、少年、青年等經驗之後，需要一再複習、練習，以致成為一個同時擁有童年、少年、青年、成年等感受、思考、心態、觀點的一個人，而不是固定只活在生命的某一段時期裡。但是，這樣的狀態是需要去維持的，因此人的教育系統可以開發這種有關人類精神一生永續（maintainence）的方法論，並在教育過程中予以引導，讓人真正走向「一致」（oneness, wholeness）的存在狀態。

民間傳奇作為童年的精神空間，是一種擁有未知與未來的文學空間。它可以當作複習童年，練習童年的文本。我們也都會記得，童年時期的自己，不是無知的，只不過用來當作記號的事物不同。那是生命的發現期，冒險期，比任何時候都更練習到勇氣及悲歡。

當我在漫長的閱讀旅程行進，從小時候只要抱著一顆枕頭，手捧一部神話、童話或是民間傳奇故事的「神奇文本」，在沙發

上，在獨立式大高腳木屋的陽台，或在木床的軟墊上，靈魂即可自由出外遠遊。長大的過程中，不斷叩訪各種文化，壯遊於現象符號之間，直至加入文字修行者的行列，持久地靜坐，並化身為作家、詩人、學者、譯者等。原以為自己已經離開童年，已經完成了童年，此時，竟然遇見這部「北歐神話」。我發現，原來童年是自己的未竟之旅，是未來式的我，還是一樣愛看神話與傳奇。當我發現一本還未讀過，又顯然會很好看的神話書，心裡與身體的雀躍，還是跟小的時候一模一樣。不同的是，我現在比較能準確形容自己的感覺了。我發現：沒有其他書籍能像神話書一般，一本書就是一個世界。這世界只能在書頁裡，你在現實空間裡就找不到它了。而只要你擁有這本神話書，你就擁有這個絕無僅有的世界，可以隨時一再跳進去玩，又可以隨時平安躍回現實空間。

我現在已經長大了，可是並沒有離開童年。這是我面對中譯「北歐神話」時的一個重要發現。與全書同名的單篇〈日之東‧月之西〉，把空間、時間及宇宙，做了極其神祕的無限拓展。那些亙古存在，現在還在，將來也不會消失的事物與感情形式，一直完好無損地展現自己。

平易、亙古的語言，非常神祕，非常激情，而又能非常樸

素，非常智慧地表現著。夏泱非常看重書中插畫的美，他說：
（北歐神話）在這裡以線條和顏色再生，讓所有認識它們，或現
在將認識它們的人感到喜悅。確實，書中的插畫滿足了我們對那
份優雅、安靜與沉著的審美世界的嚮往。

　　另一方面，除了插畫作為主角，譯者也有意使文字的表現，
保持自然而輕鬆的形式，使讀者讀來不經不覺，直接穿透文字，
進入了「日之東，月之西」的這個世界。這世界裡有山有水有船
有陸地，有城堡，但還沒有飛機、汽車、電話與電腦。好像也還
沒有依靠法律去保護的男女愛情。我們由此進入一個很前現代的
世界結構裡，好像是在初次透視，學習生活。那是一個不仰賴制
度，卻讓智慧與勇氣於焉成為生活重心的世界。

　　夏泱分析，那是一個遵守舊的信念與習慣的世界。舊世界的
信念是智慧與勇敢；舊世界的習慣是誠實與良善；人的生命的收
穫則是愛。這些價值，清晰地貫穿「日之東，月之西」，折射到
我們眼前，讓我們感受到，來自自身心靈的深沉、優美，以及無
傷大雅的憂傷。在其中，在當中，生命在大自然裡彼此相愛，彼
此考驗。

　　穿越歷史時間考驗的北歐神話，集結著人類最甜蜜也最哀
痛的集體童年記憶：世間無數女孩，不得不心不甘情不願，在

夜裡搔弄山怪的頭；作為白熊或英俊男人的命運，是交付在愛人對他的全然信任上；愛情的希望是不賣的，不管是金子或錢；男性也是脆弱的，需要真心愛他的女孩的拯救保護，不然他也只能與「長鼻公主」終身廝守（〈日之東・月之西〉）。男孩精神是經過淬煉的，以獲取一生作為神之後裔力量的藍色腰帶（〈藍色腰帶〉）。一些人是沒有心的，因為人只有把心放別處才能執行殘暴（〈沒有心臟的巨人〉）。愛一個鱗蟲般的男子，以最好的方式對待他，用牛奶洗他，用手環繞他睡著，將使得他判若兩人，生命煥然一新（〈鱗蟲王子〉）；人老不可恃老怠惰，應該繼續學習，譬如，假使還不會劈柴，就還要去學；而地球上的生活是盛宴啊，「如果他們還沒有結束吃喝，那一定是因為宴席還在持續。」（〈藍山的三個公主〉）。這些不是來自童年幼稚、無見識的部分，這是在童年裡成熟的心靈日積月累，在童年裡成長的成人，所記錄與神對話的事蹟。

還需要多說什麼嗎？翻開書頁，我們就會知道，這是來自時間，來自自然的神祕話語，與在時間裡已經繾綣億萬年的我們自己相互傾聽。而夏泱是在童年裡已經長大，卻選擇堅守童年記憶的時間男孩，忠實扮演傳遞來自「日之東，月之西」的神祕訊息的使者。

關於本書

劉夏泱

北歐有不少古老的神話跟傳奇故事,許多挪威的民間傳說都是以代代口耳相傳的方式傳下來的。在十九世紀中葉左右,挪威脫離丹麥統治之後,挪威民俗學者彼得・克利斯登・亞柏容森和容根・因格布利森・莫伊遍訪各個鄉村,把流傳於民間的故事進行記錄,至今成為保存挪威民間文化的重要典籍。在挪威,其重要性就相當於安徒生之於丹麥和格林兄弟之於德國。

這本由凱・尼爾森繪製的一九一四年版《日之東・月之西》就是一部挪威傳奇故事集,書中主要收錄的是十五則挪威的傳奇故事,而作為書名的〈日之東・月之西〉就是書中的第一個故事;其他的故事還有〈藍色腰帶〉、〈寡婦之子〉、〈沒有心臟的巨人〉等。這個版本的《日之東・月之西》因二十五幅由尼爾森所繪製的插畫而享有盛名,也一向被視為兒童繪本中的經典傑作。

一個民間傳說故事,它原始而平易的語言和淳真的思想,對異文化的讀者而言,是更容易接受和感動的;而能直接閱讀故

事原文的人，將擁有其他翻譯版本的讀者所沒有的優勢。這也是
凱・尼爾森所擁有的優勢：他的圖畫中的精緻和怪異，恰恰表達
了古老世界和老婆婆的寓言中，那些深藏著的意義。只是，如果
把這些傳奇故事，直接等同為兒童故事（Nursery Tales），將會減
損它們的趣味性。它們是一個國家童年時期的傳奇文學：它們是
情感的、知覺的和英雄典範永不枯竭的泉源，從當中原始人民可
以任意汲取飲用，酣暢淋漓。古怪的、柔弱的、可笑的，卻依然
是混合了超自然主義的寫實與現實，藉由凱・尼爾森的插圖，原
始的挪威傳奇的特色被突顯。而這些傳統中不可朽壞的部分，它
們的基礎是在所有古代的根基當中，在這裡則是以線條和顏色而
再生，以使所有認識或現在將認識它們的人感到喜悅。

作者：彼得・克利斯登・亞柏容森與容根・因格布利森・莫伊

　　彼得・克利斯登・亞柏容森（Peter Christen Asbjørnsen, 1812-
1885）是挪威的作家和學者；而容根・因格布利森・莫伊（Jørgen
Engebretsen Moe, 1813-1882）則是挪威民間傳說的收藏家。他們
兩位是中學時期的同學，亞柏容森從大學時開始收集和撰寫童
話和民間傳說，不久之後他發現莫伊獨力尋找民族文學的相關遺
物，他們熱切地分享和比較了彼此的工作成果，並決定了未來在

寫作挪威民間傳說上的密切合作。在一八四二年至一八四三年，他們工作的第一部分，以挪威民間故事（Norske Folkeeventyr）作為標題來發表，立刻在全歐洲被接受，被視為對比較神話和文學方面一種極有價值的貢獻。第二冊則出版於一八四四年（一八七一年又出版了一本新的作品集）。此外，在一八四五年，亞柏容森在沒有莫伊的協助下，也自力出版了一系列挪威童話故事（Huldre-Eventyr og Folkesagn）。

他們對挪威文化的影響是巨大的。對於挪威人來說，亞柏容森和莫伊幾乎已經成為傳統民間故事的同義詞，正如格林兄弟的名字對德國的民間故事一樣。他們不僅收集和保存作為挪威的文化資產的民間傳奇故事，而且為普通讀者編輯寫作它們，此舉也有助於挪威語的發展。即使其他國家可能也擁有豐富的民間文學，但挪威人通常會通過亞柏容森與莫伊的工作，宣稱他們所擁有的是最原始和最豐富的。他們的工作是挪威人自我認同一個非常重要的部分。其中「灰男孩」（Askeladden），一個具有創造力和智慧，並總是為自己贏得公主和一半的王國的角色，被視為是某種典型的挪威人形象。

關於北歐民間傳説

劉夏泱

　　挪威的民間文化，屬於北歐或斯堪地那維亞文化。「北歐的」（Nordic）即是文化上的指稱，直接涵蓋了丹麥、瑞典、挪威、芬蘭、冰島、格陵蘭和法羅群島。這幾個地方在十四世紀時同屬一個王國聯盟，雖然在十六世紀時解散，但彼此文化仍舊相近。至於「斯堪地那維亞」（Scandinavia）本身指的，則是地理上的區域，也就是斯堪地那維亞半島，包含挪威、瑞典和芬蘭部分地區。這個詞也可用在語系劃分上，因此也就包含源自古北歐語的丹麥、挪威和瑞典。雖然冰島語以及法羅群島所使用的語言也源自古北歐語，但這兩個語言則屬於另一支派。由於共同的日耳曼根源，斯堪地那維亞民間傳說顯示也與某些其他地方的民俗，如英格蘭和德國等各地，有大量共同之處。因此，許多人幾乎以同義的方式使用「北歐的」和「斯堪地那維亞」。

　　所謂的斯堪地那維亞民間傳說或北歐民間傳說，Folklore（民間傳說）一詞在學術界並不常用；而更常用諸如Folketro（民間信仰；古老的Almuetro）或Folkesagn（民間傳說）等詞彙。在

正式的用法上，它被簡單地稱為 den Gamle Tro（舊的信念），或者 sæd skik og brug（習慣、方式），它是從斯堪地那維亞原始信仰演變而來。收集民間故事開始於瑞典的古斯塔夫·阿道弗斯（Gustavus Adolphus）向所有教區的牧師發出指示，要他們搜集在一六三〇年代的民間故事。他們於是搜集了許多沒有被教會認可的習俗、信仰，和其他的傳統資料。

在斯堪地那維亞民間傳說中，古老的神祇信仰仍然存在。主要為人所知的是神話，它是個多神系統，其中大致上可分成四個體系：巨人（Giants）、諸神（Gods）、精靈（Elves）以及侏儒（Dwarves）。巨人是最早的生命，他們創造了世界、生出了諸神，但同時也是眾神最大的敵人；可以將他們理解為人格化的自然力量。神分為兩個部族，以主神奧丁（Odin）為首領的阿薩神族（Aesir）和以大海之神尼約德（Njord）為首領的華納神族（Vanir），其中主要的神祇有十二個。北歐神話與希臘、埃及、印度及中國神話的風格都截然不同，北歐神話中的神不是萬能的，世界也不是永恆的。精靈及侏儒屬於半神，他們為神服務，則又屬於日耳曼地區的特殊創造。

最早的斯堪地那維亞神話，主要是以歌曲的形式出現。西元

前各種志怪的傳說，即已在北歐的日耳曼部族裡流傳。關於它的口頭傳播歷史可追溯到西元一世紀至二世紀，首先在挪威、丹麥和瑞典等地方流行；其中英雄的後裔，即今斯堪地那維亞半島及德意志東北低地的日耳曼民族。西元七世紀左右，這些神話隨著一批北上的移民流傳至冰島等處，日耳曼人的神話在冰島地區反而被記載下來了。至今保留得較為完整的有冰島史詩《埃達》（Edda），以及日耳曼史詩《尼伯龍根之歌》（Das Nibelungenlied）等。

約自五世紀中葉開始，基督教傳入北歐之後，也成為當地的主要宗教信仰；但原本的異教信仰和神話傳說仍然繼續流傳盛行。在許多民間故事裡都出現了基督徒的身影，隱約可以感覺到基督宗教與原有的民間信仰之間具有一定的張力。儘管基督徒總以正面的形象現身，未必具有魔力或神力，但他們總代表著善良、正直、智慧和勇氣。他們現身在許多故事裡，似乎總是山怪的頭號敵人。山怪們對教堂鐘聲感到厭惡；對基督徒的血的氣味特別有反應，這也說明了當地的人們相信基督徒自身具有一種神祕的力量。或許這也能顯示，基督宗教所建構的強大無比的宗教秩序，正在逐步攻克北歐森林裡那原始、混亂而充滿魔力的神祕世界。

在斯堪地那維亞的民間故事中，也許最豐富的是關於山怪種族的故事（丹麥語：trolde，瑞典語／挪威語：troll）。雖然各地對這種怪物的外形描述有所出入，但斯堪地那維亞的山怪往往是體型龐大、毛茸茸、蠢笨的，而且行動緩慢。任何具有勇氣和理智的人都可以戰勝山怪，甚至那些信仰堅定的凡人也可以向他們挑戰。據說他們所具有的性情，就像熊──斯堪地那維亞人最喜歡的寵物，在牠們平靜的時候是善良的；當牠們被戲弄的時候則是野蠻的。山怪具有許多不同的形狀和形態，通常樣子並不好看。山怪生活在整片土地上，或住在山上、橋下、湖底。生活在山中的山怪是非常富有的，囤積大量的金和銀在他們崖邊的住宅裡；最危險的山怪則孤獨地住在森林裡的小屋。雖然少數山怪擁有雌性的山怪（trollkoner）作為妻子，但大多數的山怪則具有一種可怕的傾向，就是去拐走美麗少女，最好是公主，她們被迫在白天紡織，而在夜間搔弄山怪的頭。

山怪擁有自己的國王，「山怪王國」（Dovregubben），與他的宮廷，就生活在杜沃（Dovre）山脈。「山怪王國」和他的宮廷在易卜生（Henrik Ibsen）的劇作《培爾‧金特》（*Peer Gynt*）中有詳細地描述。山怪經常被說成能夠改變自己的外形，利用這種能力去誘騙人類做他們想要的事。例如，山怪可以化身為美麗

的樣子，以誘騙人們進入他們山裡的家，然後長期囚禁和奴役他們。在更老的故事裡，troll / trold 這個詞（trolla 作為動詞）只是意味著「嚴重傷害 / 傷害某人」。稱某人是一個山怪就是指某些可能吃人肉、或從事某些反社會行為的人，如強姦犯。幸運的是，一旦山怪暴露在陽光下，就會變成石頭。

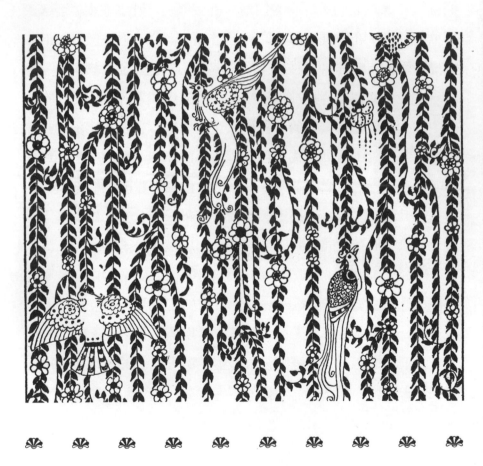

插畫家凱・尼爾森的生平

劉夏泱

　　凱・尼爾森（Kay Rasmus Nielsen, 1886-1957）在一八八六年出生於丹麥哥本哈根一個傑出的戲劇家庭。他的父親是馬帝紐斯・尼爾森（Martinius Nielsen）教授，一位演員，後來成為哥本哈根達格瑪特（Dagmart）劇場的總經理；他的母親是歐姐・拉森（Oda Larssen），一位皇家宮廷劇院的名伶。由於他父母的職業生涯，他們家的客廳幾乎成為北歐戲劇界的沙龍。他在許多知名藝文人士的包圍中長大，包括像易卜生（Henrik Ibsen）、葛瑞格（Edvard Grieg）和布容森（Bjørnstjerne Martinius Bjørnson）等人。

　　尼爾森的藝術才華在他的童年時期就得到培養。每當聽了北歐國家的英雄傳奇故事，他總能畫出所想像的生動畫面。此外，他也能描繪某些虛構的生活情景，只是他當時並沒有打算未來成為一個藝術家。在他十二歲時，他被正規學校退學了，接著在家裡接受教育；那段時間，他計畫未來從事醫學方面的工作。十八歲時，尼爾森離家到巴黎學習，在那裡他住在蒙帕納斯

（Montparnasse），並且在朱利安學院（Académie Julian under Jean Paul Laurence）和卡拉羅西學院（Académie Collarossi under Kristian Krag）學習藝術。他在藝術學院這段期間的大部分作品主要是自然寫生，但他仍然偏好去畫自己所想像的和所閱讀而得的形象，最擅長的是神話題材的插圖。

　　有三個來源極深地影響尼爾森的作品。第一個是東方藝術，因為他的祖父從中國和日本帶回來許多畫作和雕塑，家中所陳設的日本浮世繪給了他極大的藝術啟蒙。蘇珊‧麥爾（Susan Meyer）在《偉大童書插畫家珍寶》一書中提到，日本木刻催生了他作品中的許多特質：不對稱構圖、大片空白區塊、彎曲線條和扁平化視角。第二個則是奧柏利‧畢爾斯利（Aubrey Beardsley）風格。畢爾斯利的許多特徵都出現在尼爾森的作品裡，尤其是他的花卉風格這更是影響了書中的插圖，還有他纖瘦造型的人物。最後一個是新藝術運動（Art Nouveau），它開始於尼爾森誕生以前不久，一直持續到二十世紀早期（一九二〇年左右）。因為這種藝術形式大量吸收了東方風格，其特點即細長而流暢的曲線和開放空間，可以說尼爾森是既受了它的影響，又是它傑出貢獻者中的一個。

　　從一九一二年開始，尼爾森作品的幾個展覽在倫敦舉辦。他

的第一個展覽是在杜斯威爾藝廊（Dowdswel Gallery），展出他的
「死亡之書」，集結了他的單色素描畫作，這項成果從未出版。
這些作品明顯受畢爾斯利風格和主題極大的影響。這是一個有關
年輕小丑，皮埃羅（Pierrot）的故事。小丑的情人被死神帶走，
經過一番艱辛尋覓，最終情人得以在男人的內心中永遠活著。

　　此時，也正是書籍以豪華禮品版本（deluxe gift editions）大
量問世的時代，尼爾森、亞瑟・瑞克漢（Arthur Rackham）和艾
德蒙・杜拉克（Edmund Dulac）等著名插畫家引發了「將兒童
插畫書的水準提升至匠心獨具和技藝精湛的高度」（《兒童文學
評論》，一九八九年）的風潮。尼爾森的第二個展覽是一九一三
年在倫敦萊斯特藝廊（Leicester Gallery）舉辦，安排與一本新書
的發表同時進行。展覽主題是《在香粉和襯裙間》（*In Powder and
Crinoline*）的水彩畫，這是他的第一本以禮品版本出版的書。凱
斯・尼科爾森（Keith Nicholson）認為，這項工作的靈感，部分
是來自畢爾斯利，而更多則是來自於中國山水畫。這個系列的一
部分表現了大衛・拉金（David Larkin）所說的，「尼爾森最為大
膽和怪誕」的風格。這部作品美麗纖細，混合繁複的裝飾風格與
神祕的東方情調。

　　威勒倫・波塔尼斯（Welleran Poltarnees）在他的《鑑賞尼爾

森》（*Kay Nielsen: An Appreciation*）一書中，指出尼爾森的藝術世界是不同於我們的。他說：「尼爾森如劇場設計師那樣思考，他為觀眾安排的世界就像是通過一道台前拱門，他精心設計的作品，既是為適用於童話世界的怪誕，也是他冷靜處理媒材的必然結果。我認為，他對舞台的熱愛所產生的仿製品，後來成了他為哥本哈根皇家劇院所做的裝飾設計。」

　　倫敦萊斯特藝廊在一九一五年，在《日之東·月之西》一書出版了一年之後，展出了此書中的水彩畫。一般都認為這套插畫是尼爾森最出色的作品。在本書中，他的插繪活現了斯堪地那維亞的民間傳說，或許是他早年對這些故事的想像經驗；以及他在紙上描繪所聽聞、所閱讀的習慣，這些相互結合使得這些插圖如此出色。北極熊和雪地的景觀是他的家鄉常見的主題，大量地出現在這些故事的插圖裡。對於這些水彩畫，凱斯·尼科爾森評論，它具有一種「新藝術的風格」。在此之前，北歐的神話和童話幾乎未曾有過出色的插畫書或繪本。《日之東·月之西》的插圖色彩和畫面，無一不精準地表現出北歐神話陰鬱、沉重的氛圍，彌補了文字本身未經雕琢的樸質。

　　在一九一七年，尼爾森在紐約展出他的作品。在接下來的七年裡，他在不同的藝術類型上表現自己的才華。當第一次世

界大戰結束時（一九一八年），他又回到了哥本哈根，他和一個好朋友約翰內斯‧波爾森（Johannes Poulsen），一個年輕的演員和製片人，為丹麥舞台進行製作的工作。尼爾森為丹麥國家劇院的《阿拉丁》一戲，設計了布景和富有詩意的戲劇服裝，整齣戲共分兩個晚上演出。三年後，他們又合作製作了《吹噓者》（Scaramouche）。尼爾森也為由西貝流士（Jean Sibelius）編寫的音樂劇提供設計。這期間的其他工作還包括了：參與馬克斯‧瑞恩哈德（Max Reinhardt）執導的《暴風雨》和《仲夏夜之夢》。

一九二四年，倫敦萊斯特藝廊為尼爾森舉辦了另一個展覽，那是《安徒生童話》（Hans Andersen's Fairy Tales）中的作品。為同是丹麥人的安徒生的童話繪製插圖，似乎是尼爾森所自許的責任。這部作品他準備了許久，其中的圖畫，雖然莊嚴卻仍然富有童趣，雖然憂鬱卻仍然富有詩意。在一九二五年，他完成《糖果屋歷險──格林童話集》（Hansel and Gretel: Stories from the Brothers Grimm）的十二幅插圖。其中的圖畫，比起前一批作品，更加詭異怪誕：那些蜿蜒曲折的枝蔓、冷峻犀利的線條、突兀大膽的色彩、華美絢麗的格調，將格林兄弟的童話世界描繪得淋漓盡致。到了一九三〇年，他又在萊斯特廣場舉辦了另一場展覽，作品來自他最後的一本插畫書──《紅魔法》，當中的畫作。

凱‧尼爾森在一九二六年與烏拉‧普列斯－斯密特（Ulla Pless-Schmidt）結婚。烏拉來自一個富裕的醫師家庭，她和凱在丹麥過著適意又有名望的生活。這對夫婦，就尼爾森所做的描述，他自己是文靜的，不像烏拉那麼活潑外向。他們住在歐洲，一直到凱在一九三六年前往洛杉磯，他開始為人人公司（Everyman）設計出版品，並在好萊塢露天劇場（Hollywood Bowl）為約翰內斯‧波爾森工作。不幸的是，波爾森死於一九三八年，這便阻斷了尼爾森在職業生涯中從事舞台設計的道路。備受打擊的尼爾森在這期間加入了華德‧迪士尼公司，開始嘗試卡通的製作，參與了《幻想曲》（Fantasia）這部作品。他成了《幻想曲》原畫的設計師，而其中的「荒山之夜」和「聖母頌」（Ave Maria）兩個段落，他的個人特色更是顯而易見。其中的山，就具有一種非常尼爾森式的恐怖特質；而這兩個段落中的樹木，也具有他非常鮮明的風格。它們高而瘦，且兩者之間有許多空間，非常相似於他在《日之東‧月之西》的樣子。只不過，尼爾森富有深度的風格畢竟與迪士尼卡通甜美溫情的主旋律顯得格格不入；同時他慣於閒散的北歐人習性，也使他難以適應美國動畫領域規格化和高度緊張的工作型態。一九四〇年，這位插圖世界的奇才竟遭到了解僱。

第二次世界大戰爆發時，尼爾森將他的妻子烏拉，接到洛杉磯與他一起生活，但遺留下他們的許多財產在歐洲，以致不能在這裡以同樣優渥的方式生活。他們在南加州的山腳下買了一間小房子，並很快地成為許多文藝界知名人士的朋友（例如，Holling C. Holling, Janet Flanner, Hildegarde Flanner Monhoff, Zoe Akins, and Victor Borge 等等）。在財務方面，這段時間尼爾森家過得並不寬裕，他們的生活水準比先前低得多。由於這方面的困境，他們有時需要依靠朋友們提供一些生活必需品。一個朋友給了他們一輛舊的奧斯汀汽車，足夠他們夫婦和兩隻蘇格蘭犬使用。在某段時期中，他們還試圖養雞來賺錢。這對他們的生活而言，是一個巨大的變化。過去在丹麥，他們甚至有一名管家負責照料他們的生活和清潔打掃；他們的聲譽甚至足以從植物園借出植物，用以布置私人的家庭宴會。

到第二次世界大戰結束以後，尼爾森也重獲他曾經受到過的歡迎，因為大眾對藝術的品味從幻想轉變為「現實主義和自然主義」（《兒童文學評論》，一九八九年）。這個鐘擺後來在二十世紀七〇年代早期擺回，收藏家們對黃金時代插圖畫家的興趣再次回歸。這也是對奇幻文藝作品產生新興趣的時代，因為受到 C. S.

路易斯（C. S. Lewis）、托爾金（J. R. R. Tolkien）和娥蘇拉·勒瑰恩（Ursula K. Le Guin）等人作品的極大刺激。而這就促使尼爾森的藝術被重新發現。

尼爾森職業生涯最後的階段是朝一個不同的方向發展，當時一名年輕的圖書館員潔絲敏·布利頓（Jasmine Britton）善用她作為慈善基金會董事會成員的影響力，幫助尼爾森爭取到為洛杉磯的中央初級中學（Central Junior High School）創作一幅壁畫的委託案。這幅壁畫的標題是〈第一個春天〉，描繪了《聖經》〈創世記〉中的經文，「於是上帝造了地上的走獸，各從其類；牲畜，各從其類；和地上一切的爬行動物，各從其類。上帝看為好的。」（〈創世記〉1:25）。這幅壁畫先在一個為教育和社會菁英舉辦的社區活動中展示。洛杉磯的知名藝術評論家亞瑟·米勒（Arthur Millier）也出席了這次活動，他盛讚這幅壁畫是美國最美麗的壁畫之一。從這項工作獲得的酬勞暫時緩和了尼爾森的財務狀況。

接下來，尼爾森受委託為拉爾夫·沃爾多·愛默生（Ralph Waldo Emerson）初級中學創作另一幅壁畫。標題為〈太陽的頌歌〉（The Canticle of the Sun），壁畫中描繪了一個巨大的人物邁步跨越天空與下方的田園風景，這個壁畫的主題是《聖經》〈詩

篇〉中的第二十三篇，描繪了一名牧羊人雙手抱著一隻羊羔，正在攀爬著嶙峋的岩石。這幅壁畫現在仍位於原處。尼爾森生平的最後一幅壁畫，是在華盛頓州瓦拉瓦拉的惠特曼學院（Whitman college）。這幅壁畫是以惠特曼傳奇為題材，是由潔絲敏‧布利頓的姊姊，海倫‧布利頓‧荷蘭（Helen Britton Holland）所委託的；她聽說尼爾森想回丹麥，但財務卻有困難。壁畫本身在洛杉磯創作，然後被移到華盛頓州的瓦拉瓦拉。它被作為禮物獻給海倫‧荷蘭所在的惠特曼學院。在創作這幅壁畫的時候，尼爾森放棄他慣常的奇幻風格，而選擇了寫實地描繪兩個惠特曼人被印第安人殺害的情景。

　　儘管完成了上述惠特曼學院的壁畫，獲得了三千美元的高額報酬，可是回鄉的計畫卻無法實現了，因為尼爾森的身體這時出現了嚴重的問題。事實上，他的健康狀況已經惡化了很多年。他一直有長期咳嗽的症狀，讓他在創作壁畫的期間備受折磨。他最終在一九五七年六月去世時，享壽七十一歲，但《洛杉磯時報》卻並未給予關注。尼爾森的葬禮在他創作過壁畫的王氏教堂舉行，他的妻子烏拉則在一年後死於嚴重的糖尿病。

　　另外，有一件事值得一提，有一套在尼爾森生前未出版的作品，被烏拉贈送給了希德加‧弗蘭納（Hildegarde Flanner），尼爾

森原本計畫將它們用於《阿拉伯之夜》的新譯版，但卻未能實現。這套畫作之所以送給了這位他們夫婦的朋友，是因為沒有博物館或藝廊願意接受它們，即使是在他們的家鄉丹麥。這些作品出現在《凱·尼爾森的未知畫作》（*The Unknown Paintings of Kay Nielsen*）一書中，後來在一套六卷本的《阿拉伯之夜》中採用、出版。

　　凱·尼爾森的插圖具有強烈的個人風格。它們是一種奇特的混合體，既有日本版畫的風格，像是大片的塗黑和留白、誇張變形的構圖、精心考究的細節、鮮明豔麗的色彩。又隱含著許多畢爾斯利的人物造型的元素：像是中性化的人物造型、華美絢爛的服飾、詭祕的行為姿態、似笑非笑的面容、猙獰而牽動的嘴角、圖謀不軌的心理騷動。就連奇異的花朵和鱗片狀的裝飾，也是對植物唯妙唯肖的模仿。而新藝術運動作品所慣用的元素，如優美流暢激動熱烈的曲線，在他的作品中也是俯拾皆是。這是由於他不僅受到多種文化藝術形態的影響，而且更敢於在其中進行各種大膽的嘗試。在他的許多個充滿動態感的構圖畫面中，卻又常常流露出一抹獨特的靜謐感。這應該就是他的作品之所以至今仍然總能給我們一種新穎、飽含創意和張力，且韻味無窮感受的緣故。

參考資料

· Britton, Jasmine. "Kay Nielsen - Danish Artist." *The Horn Book Magazine.* 21（May 1945）: 168-173.

· Hutter, Heribert. *Art Nouveau.* Trans. by J. R. Foster. New York: Crown, 1965.

· Larkin, David, ed. Kay Nielsen. *With an introduction by Keith Nicholson.* Toronto: Peacock Press, 1975.

· Larkin, David, ed. *The Unknown Paintings of Kay Nielsen.* With an elegy by Hildegarde Flanner. Toronto: Peacock Press, 1977.

· Meyer, Susan. *A Treasury of the Great Children's Book Illustrators.* New York: Harry N. Abrams. 1983.

· Nielsen, Kay. "Kay Nielsen's Own Story." *The Horn Book Magazine.* （May 1945）: 173-175.

· Poltarnees, Welleran. *Kay Nielsen: An Appreciation.* La Jolla, CA: Green Tiger Press, 1976.

· "Kay (Rasmus) Nielsen", *Children's Literature review.* V. 16. Detroit: Gale, 1989.

1. 〈日之東·月之西〉

很久很久以前，有一個非常貧窮的農夫，雖然他是那樣的貧窮，卻有一群可愛的兒女。在這些美麗的兒女之中，尤其以小女兒最為美麗。在秋天某個漆黑寒冷的星期四夜裡，一隻巨大的白熊忽然來到農夫的家門口。白熊有禮地向農夫問好，然後要求帶最美麗的小女兒離開，並且承諾會給予這家人富裕的生活。

農夫父親非常為難，因為富足的生活正是他們全家所需要的呀。當他將這件事告訴小女兒時，小女兒喊道：「我不要！」於是，農夫轉告大白熊，然後請他下星期四再回來，他將會告知白熊這件事的結果。

接下來的日子，他不斷勸說小女兒；他們全家的生活將得到多麼大的改善；而小女兒自己將變得多麼富有。終於，小女兒開始覺得這也許不是件壞事。

到了下星期四，白熊果然又出現了。在答應了白熊的請求之後，小女兒騎上了白熊的背，離開了農夫一家。

他們走了一段時間之後，白熊問小女兒說：「妳害怕嗎？」

040

在漆黑寒冷的夜晚，來到窮苦農夫家的一隻巨大白熊，有禮地要求農夫以最美麗的小女兒換取全家人的富裕生活。小女兒在父親的勸說下，不得已答應與白熊一起離開。在月光照耀之下，她騎上了白熊的後背，白熊讓她抓緊自己的皮毛，安慰她說沒有什麼好怕的，一人一熊踏上了旅途。

小女兒說：「不怕。」白熊說：「那就好，注意抓緊我的皮毛，那麼就沒有什麼好怕的了。」

他們走了好長好長的一段路，直到來到了一座陡峭的懸崖邊。白熊面對著峭壁，敲了敲，忽然就有一道門打開了。

一座城堡聳立在他們眼前，城堡裡有許多明亮閃耀的房間。同時，也有一張大餐桌，桌上食物應有盡有。另外，白熊還給了女孩一只銀鈴並告訴她，無論她需要什麼，只要搖動銀鈴，就能夠得到。

每晚當女孩爬上床，熄掉油燈後，就會有一個男人輕聲地走進房門，並在她的身邊躺下。這就是那位脫去了身上皮毛的白熊。只是，女孩總是無法看清他，因為他總是在燈熄滅了之後才出現，並在隔天的黎明前離開。就這樣，女孩和白熊就開始一同在城堡裡愉快地生活。

但是過了一段時間之後，女孩卻開始感到孤單和悲傷，而且非常地想家。於是有一天，白熊問她是否缺少了什麼，她就告訴白熊自己想念家人想回家看看。白熊非常猶豫，但最後還是同意了讓女孩回家見家人。

「只是，」白熊叮囑：「絕對不可單獨和妳的母親說話，除非也有其他人在場。因為她會把妳帶到房間裡單獨說話。千萬記

住，別那麼做，否則會將厄運帶回到我們兩人身上。」女孩答應了白熊絕對不單獨和母親說話。

所以，某個星期日白熊告訴女孩，他們可以出發去看她的父母了。於是，女孩騎上了白熊的背，他們經過長途跋涉之後，終於來到了一座大房子之前，她的兄弟姊妹們正在屋外玩樂嬉戲。白熊再次叮嚀了女孩之後，便離開了。

家人們見到小女兒回家後都非常驚喜。並且他們萬分感激小女兒所做過的一切，而且關心她目前的生活，只是，他們從小女兒口中所能得知的事並不多。

在那天下午吃過了飯以後，母親出於關心於是要求和小女兒單獨說話，正如白熊所預料的那樣。但小女兒記起了白熊所說的話，所以婉拒了母親的要求。可是最後，母親終究還是得到和她單獨相處的機會，小女兒只好說出所有的事。

母親於是對著小女兒說：「天呀！很可能睡在妳身邊的，是一個可怕的山怪！但我現在告訴妳一個好方法，好讓妳可以看清楚他！我給妳一小截蠟燭，當夜晚來臨他陷入沉睡時，妳再拿出來點燃它。但千萬小心別把蠟油滴到他身上！」

小女兒同意了，所以將蠟燭藏在胸口。隔天，白熊再度出現，接小女兒回到城堡。

白熊問她是
否發生了如他所
預料的事，並且
說：「如果妳聽從
了母親的建議，
就會把厄運帶到
我們兩人之間，
那麼，所有我們
之間所發生的事
都將成空。」女
孩否認，而且說
自己並沒有從母
親那裡聽到什麼建議。

　　當晚，當女孩熄掉油燈，所有的一切仍然像往常那樣，男人
又來到她的床邊輕輕躺下。到了半夜，在她發現男人已經陷入了
沉睡之後，她便偷偷爬起身，點燃了母親給她的那一小截蠟燭。

　　燭光下，她看見了一位俊美優雅的王子正安詳地睡在她的身
旁。她無可自拔地深深愛上了他，於是情不自禁地低頭親吻他的
嘴唇。就在她輕觸他的嘴唇時，手上蠟燭的蠟油卻溢了出來，落

044

少女聽了母親的建議，在回到城堡的當天晚上，點燃蠟燭想看看每晚睡在身邊的究竟是人還是山怪。她看見的是一位英俊優雅的王子，也深深愛上了他，卻因手上蠟燭的蠟油滴落而驚醒了對方。王子指出繼母對自己下了詛咒，讓他白天化身為白熊，夜晚恢復原來面貌，但如今卻一切都毀了。王子必須離開她回到那位在日之東、月之西的城堡，迎娶容貌醜陋的長鼻公主。少女心痛地緊握著王子的手，問王子能不能告訴她是否有解救他的方法。

了三滴在男人的襯衣上，男人驚醒了過來。

「妳做了什麼！」男人痛苦地叫了出來。

「現在妳讓我們兩人都陷入不幸了！原本只要再一年，我就可以重獲自由了！我的繼母對我施下詛咒，所以白天我化身為白熊，到了夜晚才能恢復原來的面貌。但如今所有的一切全都毀了！我現在必須離開妳，回到那在日之東、月之西的城堡，娶我繼母的女兒，一個鼻子有三吋長的公主！」

女孩問是否還能挽回什麼？答案是：誰都無能為力了，因為女孩永遠都找不到城堡的所在地，日之東、月之西。

隔天清晨，當女孩醒來時，白熊與城堡全都消失了，她躺在一座幽暗深邃的森林中。而在她的身邊，只剩下一大捆當初從家裡帶來的碎布料。於是，她忍不住開始痛哭，直到哭倦了，她決心開始她的旅途。

走著走著，走到了黃昏日落，走到了月明星稀。日子一天天過去，那路彷彿沒有盡頭。

終於有一天女孩來到了一座高聳的峭壁，下面站著一位老婆婆，而這老婆婆手上正把玩著一顆黃金的蘋果。女孩詢問老婆婆是否知道去王子所居住的日之東、月之西城堡的路。

老婆婆反問她：「妳是怎麼認識那位王子的？也許妳才是那

046

隔天清晨她醒來時，發現白熊、城堡和王子全都消失了，只剩下自己身處在一片幽暗深邃的森林之中。少女只能坐在那裡，忍不住地開始痛哭，之後才重新鼓起勇氣踏上尋找王子的旅途。

個應該和王子在一起的人。」又說：「好吧，我只知道王子住在日之東、月之西的城堡，似乎是個妳很難到達的地方。只是，妳可以騎走我的馬，騎著牠到我的鄰居，另一位老婆婆那裡。也許她能告訴妳接下來的路。只

是，當妳抵達那裡，記得在馬左耳下方抽一鞭，並要牠回家。來，收下這顆金蘋果。」

　　女孩騎上了馬，走著走著，走到了黃昏日落，走到了月明星稀。直到她又來到了另一座高聳的峭壁，下面也站著一位老婆婆，而這老婆婆手上正拿著一把黃金的紡紗錘。她又問老婆婆是否知道日之東、月之西城堡在哪裡。就像第一位老婆婆，她也不知道城堡的位置在哪裡，只知道它在一個非常遙遠的地方。

老婆婆說：「那似乎是一處妳很難到達的地方。只是，妳可以騎走我的馬，騎著牠到我的鄰居，另一位老婆婆那裡。也許她會告訴妳接下來的路。只是，妳抵達那裡之後，記得給馬在左耳下方抽一鞭，讓牠回家。」然後，老婆婆又把金紡錘給了女孩，說也許之後會發現它的用處。

於是女孩騎上馬，又走了一段漫長而艱難的旅途。之後她又來到了另一座高聳的峭壁，下面也站著一位老婆婆，正在轉動著一台黃金的紡車。女孩又詢問了這位老婆婆同樣的問題，然後老婆婆回答說她也不知道日之東、月之西城堡在哪裡，「但是妳可以騎著我的馬，到東風那裡問他，也許他會知道。」於是她也借給女孩馬，並送給了她那台金紡車，說也許女孩之後會發現它的用處。

就這樣，女孩又踏上了另一段旅途。在經過了許多個日子之後，她來到了東風的居所。於是她問東風，是否知道住在日之東、月之西城堡的王子在哪裡。東風知道方向，但是他說自己並不清楚精確的道路，因為他從來不吹那麼遠。

東風說：「但是，如果妳想去，我可以帶妳到我的兄弟西風那裡，也許他會知道路，因為他比我強壯許多。如果妳騎上我的背，我可以帶妳到那裡。」於是，女孩騎上了東風的背，他們便

一同離開了。

　　當他們抵達了西風的居所，西風回答女孩說自己並不知道日之東、月之西城堡在哪裡，因為他並不曾這麼遠、這麼廣地拍動自己的翅膀；但是他們的另一個兄弟南風也許會知道，他也比他們都強壯。接著，西風又載著女孩前往去找南風。

　　到了南風的居所，南風說：「儘管我已經去過了許多地方，但我還是沒去到過那麼遠。但如果妳願意，我可以帶妳去我們的兄弟北風那裡。他是我們兄弟之中最老和最強壯的。如果連他也不知道那地方，這世上就沒有誰可以告訴妳了。」所以，南風又載著女孩來到了北風的居所。

　　北風是如此的狂野和憤怒，他的身上發出了一股冷酷的氣息。他怒吼著：「我要吹走你們！你們來做什麼！？」北風令他們害怕，並使他們打冷顫。

　　南風對北風說：「你不必這麼張牙舞爪的，我是你的兄弟南風。這個小女孩是應該和那個住在日之東、月之西城堡的王子在一起的，她想請你告訴她去城堡的路，她會很高興能找到王子的。」

　　「我的確知道那個地方。」北風說。「我曾經吹著一片白楊木的葉子到過那裡，但在那之後我有好幾天累得喘不過氣來。

如果妳真心想去那裡，而且不怕騎上我的背，我倒是可以帶妳去。」女孩當然滿心願意去而且也並不害怕，哪怕只有一丁點機會也願意試一試。

「好吧。那麼，」北風說：「妳今晚必須睡在這裡，因為我們需要有一整天的時間準備，如果我們要到那裡的話。」

第二天早上，北風喚醒了她，然後把自己充氣起來，讓自己變得既高大又強壯，看起來令人驚駭。然後，他們在空氣中高高升起，就好像直到到達世界的盡頭，都永遠不會停止似的。

風暴誕生，大片的土地和大批的房屋被吹倒，掃過海洋時，成百的船隻被撕成碎片。他們不斷飛來竄去——沒有人知道他們走了多遠——他們甚至穿越了大海。北風變得愈來愈疲憊，他幾乎喘不出一個泡沫了。他的翅膀也不斷愈來愈下垂，直到後來他逐漸沉降，低到連波浪的頂部也拍打在他的腳跟上。

「妳害怕嗎？」北風問。不，女孩不怕。

他們現在已經離陸地不遠了，北風還有足夠的力量，設法把女孩平安地拋到岸上，就在日之東、月之西城堡的窗戶下。但是他已經既虛弱又疲憊，以至於不得不待在那裡休息個好幾天，才有足夠的力氣回家。

第二天早上，女孩坐在城堡的窗戶下，開始把玩著金蘋果。

051

在路上，少女遇上了老婆婆，她讓少女去向東風問路；東風又帶她去問西風；西風又讓她去見南風。最後當來到北風家時，北風說他知道路，還願意帶她到那兒去。北風呼風喚雨，帶來一場風暴，使狂風大作、海濤洶湧，然後將少女拋擲在日之東、月之西的城堡。

第一個她見到的人，就是將和王子結婚的長鼻子公主。「喂，女孩，妳肯拿妳的金蘋果換點什麼別的東西嗎？」窗戶被打開來，長鼻子公主問。

「這是不賣的，不管用金子或是錢。」女孩說。

「如果不能用金子或是錢買，妳會願意換什麼東西嗎？妳可以說出自己想要的價碼。」公主說。

「嗯，好吧，妳可以擁有它。如果我可以和住在這裡的王子，一起待一個晚上的話。」北風帶來的那位女孩回答。

「好吧，這倒是可以辦到。」所以公主拿走了金蘋果。只是那天晚上，當女孩來到王子的臥室，他卻是睡著的。她呼喚他、搖動他、哭泣和悲傷，但卻無論如何都無法喚醒他。到了第二天早上，天色一破曉，長鼻子公主就匆匆來到，並把她趕了出去。

那天，女孩又坐在城堡的窗戶下，開始把玩她的金紡錘，同樣的事情又發生了。公主又問她想要什麼。她說：「這是不賣的，不管是用金子或是錢。」但如果她被允許再次和王子待在一起一晚的話，公主就可以擁有它。但是當女孩來到王子的房間時，她發現他還是睡著的，無論她如何呼喚他、搖動他、哭泣和祈禱，還是不能讓他醒來。第二天早上，當天色剛出現魚肚白，長鼻子公主又急忙來到，把她趕了出去。

那天，女孩又坐在城堡的窗戶下面，開始轉動她的金紡車。長鼻子公主也想擁有它。她打開窗戶問這次女孩想要什麼。女孩就如同之前說過的那樣，說它不能用金子或是錢買，但如果她可以再去王子那裡，再待在一起一晚，公主就可以擁有金紡車。好的，公主很樂意接受這種交易。

　　然而，這時正好也有幾個基督徒被帶到那裡，他們就坐在王子房間的隔壁。之前的兩個晚上，他們已經聽見有個女人在那裡哭泣、祈禱，而且不斷呼喚著王子，於是他們將這件事告訴了王子。

　　那天晚上，當公主又帶來了一瓶讓人沉睡的藥水，王子假裝再次喝下了它；但其實是把藥水倒到他的肩膀後面，因為他已經猜到這是一瓶讓人沉睡的藥水。所以，當女孩又來到時，她這次發現的是一位清醒的王子，然後女孩告訴王子她是怎麼來城堡的整個故事。

　　「啊，」王子說：「妳來得正是時候，因為明天將舉行我和長鼻子公主的婚禮，但我不會娶她。因為妳才是世界上唯一可以解除魔咒，使我自由的女人。在婚禮前，我會當眾宣布：我想知道自己未來的妻子是否能幹，要求公主清洗掉我襯衫上的三塊汙漬，她會同意，因為她不知道只有基督徒們，才可以將汙漬清洗

乾淨，山怪們是洗不乾淨的。接著，我會說，我只跟能夠洗掉這三塊汙漬的女人結婚，然後要求妳試著清洗看看。」所以，他們之間產生了極大的喜悅和極深的愛情。

到了第二天，婚禮正準備進行時，王子說：「首先，我想了解我的新娘是否適合我。」「好呀！」繼母滿心期待地說。「那麼，」王子說：「我有一件很好的襯衫，想要在我的婚禮上穿，但不知為什麼它上面有三塊汙漬，我必須把它清洗乾淨。我已經誓言只跟能夠清洗它的女人結婚，如果辦不到，那麼她就不值得我娶。」

嗯，繼母和公主商議，這也不是什麼了不得的大事，所以她們同意了。長鼻子公主開始盡一切可能地想要洗掉襯衫上的汙漬，但是她愈是擦洗搓揉，汙漬卻愈來愈多。

「啊！」公主的繼母說：「妳洗不乾淨的！讓我來洗！」但她幾乎沒有清洗過襯衫，結果它比之前還要更糟。所有她的擦洗、揉搓、擰轉，都使得汙漬愈來愈大，整件襯衫不但變得愈來愈黑，而且愈來愈醜。

所有其他的山怪們也都跑來幫忙，但是他們清洗它的時間愈長，襯衫就變得愈來愈黑、愈來愈醜，直到最後它完全變成黑色的，就像它一直被拿來擦洗煙囪似的。

「啊！」王子說：「你們連一根稻草都不如，無法滿足我的誓言！為什麼外面坐著一個窮女孩？我敢打賭，就連她也比你們懂得怎麼把襯衫洗乾淨。進來試試吧！女孩！」他喊著。

女孩走了進來。「妳能把這件襯衫洗乾淨嗎，女孩？」王子問。

「我不知道，」女孩回答：「但我想我能。」

幾乎就在她把襯衫浸到水中的同時，襯衫上的汙漬就馬上消失無蹤了，轉眼之間，原本烏黑的襯衫馬上白得像雪似的。

「沒錯，妳才是那個能滿足我誓言的女子！」王子說。

聽見這些話，繼母憤怒地看著王子伸出手來握住小女兒的手，當場氣炸了。長鼻子公主也步上了她繼母的後塵，接著是其他的山怪們。但後來也沒有人再注意和關心他們的下場了。

至於王子和女孩，他們釋放了所有被困在那裡的可憐基督徒們。然後，他們就帶著所有的金子和銀子，遠離了日之東、月之西的城堡，重新開始他們的新生活。

故事賞析

這個故事表面上講的是一個愛情故事，但它其實也包含了一個關於個人成長的故事。前半段的故事與著名的希臘神話「艾

056

少女成功解救了王子，兩人釋放了被囚禁的基督徒們，然後帶上金銀財寶，一起騎上一匹馬飛離那日之東、月之西的城堡，愈飛愈遠。

洛斯與賽姬」的情節頗為相似。賽姬被懷有妒忌之心的姊姊們慫恿，要她以燭火偷看，甚至殺死名為大蛇的丈夫（艾洛斯的化身）。之後為了贏回丈夫，賽姬通過了各種考驗，兩人最終有了幸福的結局。

在這個〈日之東・月之西〉的故事前半段裡，女孩則是聽從了母親的鼓吹和建議，刺探丈夫。這一種對於愛情的不信任，被視為是一種「咒詛」。原來王子期待以圓滿的愛情去破除另一個咒詛，但這種期待落空了。女孩沒有聽從丈夫而是聽從了自己的母親。當親情夾帶著世俗的判斷或價值，即使是以關心為名義，介入愛情或婚姻的關係時，也可能產生某種危機。因為愛情在有情人心裡，往往是以對方為唯一和優先的。這種故事裡的刺探，對應到現實世界來說，可能是各種功利的評價和比較，這些都構成對愛情或其他親密關係的磨損。

當關係的裂痕產生後，這個故事還想告訴人們，彌補和修復並回到原來的關係，有多麼地困難。藉助三個老婆婆和三件寶貝，還有四道風，這些助力再加上各種冒險犯難，才能重新再見到王子。之後還得再利用情敵的弱點──貪心，以及旁觀者──那些基督徒們的同情，才得以挽回王子的心。在這個過程中，只要女孩有一點動搖，都將導致挽回王子的行動失敗。然而，女孩

被激發出自身的強大信念，和經過磨難而愈發堅忍的性格，使得女孩對王子的愛情變得成熟，兩人之間才形成了真正穩固的愛情。

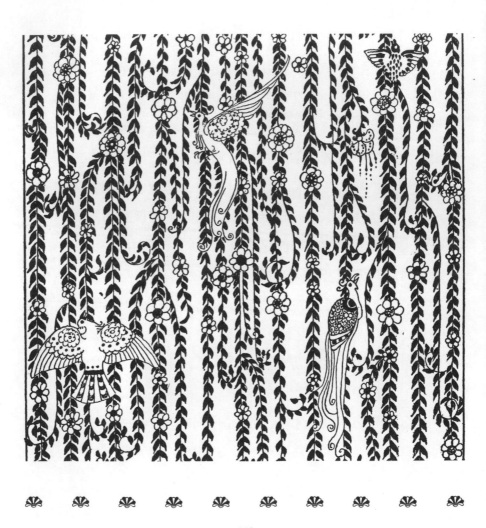

2.〈藍色腰帶〉

很久以前，有個女乞丐帶著一個小男孩，出門去乞討。當包袱裝滿之後，她會穿過山丘走回自己的家。有一次，當他們往上坡路走了一會後，在一個交叉路口發現了一條藍色的腰帶，小男孩要求媽媽允許他去撿拾腰帶。

「不，」她說：「也許那條腰帶裡有巫術。」所以，她威脅並強迫他繼續跟著她走。

但是，在他們走得更遠了一些之後，男孩說他要離開一會兒，母親便坐在樹樁上休息。只是這個男孩走進樹林裡一段時間之後，女乞丐就看不見他了。原來，男孩跑回原先看見腰帶的地方，撿起腰帶並把它圍在腰上。這時，他立刻強烈地感覺到身體有了變化，產生了一股簡直足以舉起整座山的力量。

小男孩回到女乞丐那裡時，女乞丐很生氣，質問他為什麼離開那麼久。她說：「你為什麼浪費了那麼長的時間？你不知道天色快晚了嗎？我們必須在天黑之前穿過樹林！」接著他們繼續往前走，但當他們走到半路上時，女乞丐覺得非常累，說她得在灌

木叢下坐著休息一會。

「親愛的媽媽，」男孩說：「我可以在妳休息的時候，爬到這座山壁的上面，看看這附近有沒有什麼人煙嗎？」好吧，女乞丐同意男孩這麼做。當男孩到達山頂時，他看見北方有些亮光，便跑下山去告訴他的母親。

「我們必須爬上去，媽媽。在這附近有一座房子，因為我在離我們不遠的北方，看到有明顯的亮光。」於是女乞丐站了起來，扛起了她的包袱，打算去看看男孩所說的東西。他們沒走太遠就遇到了一座陡峭的山壁，正橫在他們面前。

「果然不出我所料！」乞丐媽媽說：「現在不能再往前走了，我們正好可以在這裡好好休息！」但是，乞丐男孩把包袱夾到一隻臂膀下，用另一隻臂膀環抱起他的母親，一路跑上陡峭的山壁。

「難道妳沒有看見嗎？附近有一座房子呢！那裡有明亮的燈光！」

乞丐媽媽害怕地說，在那房子裡的不是基督徒，而是山怪。因為她說自己對這片林子的周遭熟悉得很，知道這一帶沒有生靈；除非越過山脊，去到山的另一邊才會有。但他們還是繼續前進，過了一小會兒，便來到了一座紅色的大房子前。

「這有什麼好處？」乞丐媽媽問：「我們又不敢進去，山怪住在這裡哪！」

「別那麼說，我們得進去。有那麼強的亮光，裡面就一定有一般的人。」男孩說。所以男孩先走了進去，他的母親在後面跟著他。但是，男孩才剛打開門，乞丐媽媽立刻就嚇暈了過去，因為她看見一個至少有二十呎高的高大山怪正坐在屋裡的長凳上。

「晚上好，老爺爺！」乞丐男孩說。

「哦，我坐在這裡三百年了，」坐在板凳上的山怪說：「但是從沒有人來過，叫我一聲老爺爺。」然後男孩在山怪的身邊坐下，開始和他說話，就像是老朋友那樣。

「但是，你的母親怎麼了？」他們聊了一會兒後山怪說。「我想她是暈過去了，你最好照顧她一下。」所以，男孩就抓著乞丐媽媽，把她沿著地板拖到大廳裡，這讓她醒了過來。她一面腳踢一面手抓，胡亂顫動，最後坐在角落的一堆木柴邊。但她還是很害怕，簡直不敢直視山怪的臉。過了一會兒，乞丐男孩問他們是否可以待在那裡過夜。「好的，當然。」山怪說。

就在他們說話時，男孩覺得餓了，想知道他們除了過夜之外，是否能吃一些食物。「當然，」山怪說：「你也可以吃些東西。」一會之後，山怪起身向爐火裡扔進了六塊乾燥的松木。只

是這讓乞丐媽媽感到更加害怕。「哦，現在他要生烤我們了，」她坐在角落裡說。

在木頭燒成熾熱的火炭之後，山怪站了起來，走出他的屋子。「老天保佑！」老婦人說：「你沒看出我們最後會死在巨人手裡嗎？」「別胡說八道！」男孩說：「我們不會受到傷害的。」

過了一會兒，山怪走進來時，帶回一頭又壯又肥的公牛。然後，山怪一拳打在牛耳朵下方，公牛整隻摔倒在地上，死了過去。接著，他抓住四條牛腿翻轉過牛身，放在炭火上烤，並且不斷翻動直到牛的外皮變成棕色。後來，他又走向木櫃，從裡面拿出一個大銀盤，把烤好的牛擺在上面。由於銀盤非常巨大，所以可以裝得下整隻牛。他把這些擺放在桌上後，又去地窖裡搬出一桶葡萄酒，在桶上敲出一個孔，然後也把桶連同兩把六呎的長刀，擺到桌上。

這些都弄好了後，山怪邀請乞丐母子一同坐下來吃晚餐。所以男孩和母親一前一後地在桌子前坐了下來，但母親卻開始哭了起來，因為她不知道該怎麼使用那麼長的餐刀。男孩就拿起了一把刀，從牛的大腿上割下一些肉片，放在母親面前。

吃了一會之後，男孩用雙手舉起了酒桶放到地板上；然後要他的母親也過來喝些酒。只是酒桶還是太高她搆不著，所以男孩

抓起母親，把她抱到桶邊喝酒。他自己喝酒的時候則像一隻貓，把自己掛在酒桶邊朝桶子裡喝酒。酒喝夠了之後他就把酒桶放回桌上。飯後，他感謝巨人的豐盛款待，而且也要求他的母親一同來感謝他。雖然她仍然害怕，但還是感謝了山怪。

男孩在山怪旁邊坐下，他們開始閒聊。一會兒後，山怪說：「噢，我也得吃一點晚飯。」所以他也到餐桌旁，吃下了整隻牛蹄、牛角和其他的部分，接著又把酒桶喝到一滴不剩。

「關於床，」他說：「我不知道怎麼辦，我只有一張床和一個搖籃；但我想我們還是可以安排。如果你睡在搖籃裡，那麼你的母親可以躺到床上。」

「謝謝你，那樣很好。」男孩說，於是他就脫下了衣服躺到搖籃裡，它正好夠大。至於乞丐媽媽，雖然她還是十分害怕，但還是躺到了床上。「好吧，」男孩心想，「我最好還是別睡著，躺著保持清醒，隨時注意晚上會不會有什麼動靜。」

過了一會兒之後，山怪開始開口跟乞丐媽媽說話。之後他說：「我們兩個人可以在這裡快樂地生活在一起，只需要擺脫妳的這個兒子就好了。」

「但是你知道如何料理他嗎？你是這麼想的嗎？」她問。

「容易得很。」他說，無論如何都可以試試。他明天會跟男

孩說，希望乞丐媽媽能留下來，為他照顧房子一兩天。然後帶著男孩跟他到山上的採石場，到時再冷不防地朝男孩滾下一顆大石頭。在他們說這些話時，男孩在裝睡，所以全都聽見了。

到了第二天，山怪果然像前一天說的那樣，要乞丐媽媽留下來幾天為他照顧房子。稍後，他就帶著一把大鐵撬，問男孩是否願意和他一起到山上挖一些石頭，男孩說他願意一起去。在他們挖開了幾塊石頭之後，山怪要男孩到低一點的地方去，找找有沒有岩石裂縫。男孩照做了之後，山怪閃身到暗處，用鐵撬從岩壁中鑱動了整個大岩石，讓石頭朝男孩滾過去。但男孩奮力躲到一旁，於是大石就從他身邊擦身而過。

「哦！」男孩對山怪說：「現在我知道你想對我幹什麼了。你是想用石頭把我壓死嗎？你還是自己下來找石頭裂縫吧，換我站在上方。」男孩這麼說，山怪也不好不這麼做。結果，反而是男孩滾下了一顆大石，砸向了山怪所在的地方，壓斷了他的一條大腿。

「哎唷，你現在可慘了。」男孩邊說著，邊向下走了過來，把大石從山怪身上搬離。之後，又不得不把山怪揹在背上帶他回家。男孩跑得像馬一樣快，但搖晃身軀時震到了山怪，讓山怪痛苦地哇哇叫了起來，就好像被一把刀插進身體那樣痛。他們回到

家之後，男孩還不得不把山怪放到床上。

夜晚來臨時，山怪又開始跟乞丐媽媽說話，商量怎樣擺脫那個男孩。「那可好，」乞丐媽媽說：「如果你想不出什麼計劃來擺脫他，我想我也沒辦法。」「讓我想想，」山怪說：「我在園子裡還養著十二隻獅子，只要牠們能抓住男孩，很快就可以把他撕成碎片。」

乞丐媽媽心想把男孩拐到園子裡倒是個容易的點子。她打算明天假裝生病，說自己感覺不舒服，只有母獅子的奶能讓她感覺好一點。但這些又全讓假裝睡著的男孩聽見了。

隔天早上當男孩起床後，他的母親說自己感覺很不舒服，除非能夠喝到一些獅子奶，否則無法感覺好點。「那麼恐怕妳一時半會兒都好不了，媽媽。」男孩說：「因為我可不知道上哪裡去找些獅子奶來。」

「哦，如果是這樣的話，」山怪說：「我們倒是不缺獅奶，只不過目前沒有人手去取。」接著他又說自己有個兄弟正好有一個園子，裡頭就養著十二隻獅子；如果男孩願意去擠些獅子奶的話，倒可以給男孩進園子的鑰匙。所以，男孩就帶了鑰匙並拿著一個空桶往園子去了。

男孩打開花園的大門時，有十二隻獅子，用後腳站立正對著

他怒吼。但是男孩硬生生地制住了最大的獅子，抓住了牠的前腳把牠甩在石頭上，直到牠半點獅子的狠勁都沒剩下。其餘的獅子們看見了這個情況，都害怕地伏到他的腳邊趴著，就像小狗一樣。之後，這些獅子們就都跟著他了。在他回到山怪那裡後，牠們就趴在屋子外，把前腳擱在門檻上。

「現在，媽媽，妳馬上就會好的，」男孩走進門時這麼說：「獅子奶來了。」他剛剛擠了一整桶的獅子奶。但是躺在床上的山怪，卻賭誓這一定是謊言。因為他認定男孩是不可能弄得到獅子奶的。聽到這些話後，男孩強迫山怪下床開門。結果所有獅子都躍起身來撲向了山怪，最後是男孩出面才讓牠們放開了腳爪。

到了夜晚，山怪又再次對乞丐媽媽說：「我確定我拿這個男孩沒辦法，他是如此強壯，妳能不能想到其他辦法？」「不行，」老婦人說：「如果你沒辦法，我想我也不能。」

「好吧。」巨人說：「我還有兩個兄弟在城堡裡，他們比我強壯十二倍，這就是我被趕出來、不得不待在這個農場的原因。他們占住的那個城堡，附近有個蘋果園，無論是誰吃了那些蘋果就得睡上個三天三夜。所以，只要讓男孩去摘那些蘋果，說不定他會嚐一嚐蘋果，這樣他馬上就會睡著，而我的兄弟也會把他撕成碎片。」乞丐媽媽說她明天又會假裝生病，除非能吃到那些

蘋果，否則身體就好不了。只是，所有這一切，男孩又全都聽見了。

到了早上，乞丐媽媽又病了，除了呻吟和嘆息，什麼也說不出來。她表示除非能吃到幾個奇特的蘋果，它們生長在山怪兄弟城堡附近的果園裡，否則的話，身體就好不了。只不過沒有人可以去為她摘。

男孩準備好去摘蘋果時，十一隻獅子也和他一起去。他到了果園爬上蘋果樹，吃了許多蘋果。男孩陷入沉睡，他差點就下不了樹，但獅子們都圍繞著他。到了第三天，山怪的兄弟來了，他們不是以人的形象現身。他們的鼻子發出嘶嘶聲就像吃人的馬，納悶不知道是哪個人竟敢闖到這裡，打算把他撕成小碎片然後化成灰燼。但獅子們卻忽然出現，躍起身把山怪撕成了小碎片，整座果園看起來就像肥料場似的。在獅子們解決了山怪兄弟以後，牠們又躺了下來。

男孩直到那天的下午才醒來，他起身揉了揉眼睛，見到周圍的殘跡後，立刻明白了發生過的事。

他朝著山怪的城堡走去，正好有個女孩從窗口看見了所有發生過的事，對他說：「打鬥發生時你還睡著，你真應該感謝你的守護星呀，否則你絕對已經丟掉小命了。」「什麼？丟掉我的小

命？我才不怕呢。」男孩說。

　　她請男孩進城堡裡和她談話，因為自從她來到那裡，已經有一陣子沒見到過基督徒了。但是她一打開門，獅子們也想跟進去，這可嚇壞了她。所以男孩就命令獅子們待在外面。

　　他們兩個人開始談話，男孩問她是怎麼來的，那麼可愛的女孩如何忍受那些醜陋的山怪。她說根本不願意來這裡，但這卻由不得她。山怪用武力搶奪了她，因為她是阿拉伯國王的女兒。就這樣，他們愉快地談著。最後公主問男孩有什麼打算，因為自己不知道是不是該回家，或者男孩願意娶她作妻子。當然，男孩希望公主別回家，他也願意娶她。

　　之後他們繞過城堡，最後來到了一座宏偉的大廳，那裡有山怪的兩把巨劍高高地掛在牆上。「我想知道你是否能夠揮動其中一把。」公主說。「誰？我？」男孩說。「如果連我都揮動不了這些劍，那可是件有趣的事。」

　　他站在兩三把疊在一起的椅子上，又跳起來，用指尖碰觸那把最大的劍，把它拋到空中，然後抓住了刀柄。跳到地上時，在地板上揮了一劍，結果整座大廳大大地震動起來。

　　他們在城堡裡住了一段時間之後，公主認為她應該回家見見父母親，好讓他們放心；所以他們準備好一艘船，讓公主從城堡

啟程回阿拉伯去。

　　公主回去之後，男孩在城堡裡逗留了一段時間，他想起自己到城堡是因為一件差事：為他母親的健康來摘些蘋果。他對自己說：「畢竟，媽媽的身體不是那麼糟，現在大概還好。」只不過，他認為還是應該回去看看她現在怎麼樣了。

　　他回到他媽媽那裡後，發現山怪和他的母親相當有精神和健康。「妳住在這個乞丐小屋裡，真是太糟了，」男孩說：「不如跟我一起來我的城堡住吧。」好的！他們都準備好搬到城堡了。只是在半路上，乞丐媽媽和男孩談話，問他是怎麼變得這麼強壯的。

　　「如果妳一定要知道，其實是因為山腰上的那條藍色腰帶，就在妳和我在遇見山怪之前撿到的。」男孩說。

　　「你現在還帶著它嗎？」她問。「是的。」男孩還把它繫在腰間。「我可以看看嗎？」「好的。」於是，他拉開背心和襯衫把腰帶給她看。

　　突然，她用雙手抓住男孩的皮帶，把它扯了下來，並且緊緊握著它。「現在，」她大叫：「我該拿這個壞蛋怎麼辦呀？我要給你一拳，打破你的頭！」

　　「那樣可太便宜這壞蛋了。」山怪說。「不，讓我們先燒毀

他的雙眼吧，然後把他放在一艘小船上，讓他順水流走。」

　　他們燒壞了他的眼睛，任他隨著河水流去，不顧他的禱告和眼淚。但是，小船順水漂流時，獅子們卻跟在小船後游著；最後牠們抓住了小船把它拖到一座小島的岸邊。獅子們把男孩放在一棵杉樹下，為他捕抓獵物、抓鳥，並為他造了張床。男孩被迫吃各種生肉，因為他已經瞎了。

　　後來，有一天，最大的那隻獅子在追逐一隻瞎了眼的野兔時，野兔朝著樹幹和石頭跑去，撞上了一棵杉樹，在田野上翻了幾個跟斗，掉進了旁邊的泉水裡。但是，當野兔從泉水裡出來時，卻能夠看得清清楚楚，救了自己的命。

　　「原來如此！」獅子們發現了這件事，就把男孩叼到泉水這裡，讓他的頭和耳朵浸到泉水裡。在男孩再次露出水面後，他就能看見了，於是又回到水裡並指示獅子們聚攏過來。他站在獅子背上，讓牠們帶著他游回岸邊。回到岸上後，他走進了一座樺樹林，讓獅子們在自己身旁安靜地躺下。他想偷偷地溜進城堡，看能不能把腰帶拿回來。

　　他潛到了城堡門口後，從鑰匙孔中窺視，正好看見他的皮帶就掛在廚房的木門把手上。正好那裡沒有人，於是，他悄悄地爬過地板；只是他一拿到了腰帶戴上，就像瘋了一樣在城堡裡亂踢

亂踰。這時，他的母親衝了出來。「親愛的，好孩子！請把皮帶給我吧。」她說。

「多謝您，」他說：「現在您會得到您給過我的同樣下場！」男孩立刻進行此項任務。

老山怪聽到聲音，立刻跑了過來。他殷切地乞求饒命。「好，你可以活下去，」男孩說：「但你也要接受你給過我的懲罰。」所以他燒壞了山怪的眼睛，並把他放在一艘小船上順著河水漂流，只是不會有獅子跟著他。

男孩現在獨自一人，他的內心渴望再見到公主。最後，他再也忍受不了了，不得不設法去尋找她。他準備了四艘大船，啟程航向阿拉伯，在海上經過了一段有微風和晴朗天氣的日子。但之後就遇見了逆風無法航行，所以停靠在一座岩石島附近。

水手們到岸上走走消磨時間，在島上他們發現了一枚巨大的蛋，幾乎就像一座小房子那樣大。他們起拿大石頭敲它，卻無法把蛋殼敲破。最後，男孩拿起他的劍，想看看蛋裡發出的聲響是怎麼回事。他想既然是蛋，打破它只是件簡單的事。他用力揮了一劍，蛋殼裂了開來，結果出來了一隻像大象一樣巨大的雞。

「我們幹了一件蠢事，」男孩說：「這恐怕會要了我們所有人的命！」男孩問他的水手們，如果有好風相助，是否有足夠的

人手可以讓他們在二十四小時內航行到阿拉伯。水手們回答說可以辦到，所以他們順風航行，並且二十三個小時左右就到達了阿拉伯。當他們靠岸後，男孩命令所有水手把自己埋進沙丘裡，直埋到他們的眼睛，使他們幾乎看不見船隻。

男孩和船長一起爬上一座高大的岩石，坐在一棵杉樹下。過了一會兒，一隻巨大的鳥飛越了島嶼，巨大的爪子猛撲在船上，弄沉了每艘船。之後，牠又飛向沙丘，翅膀拍動的風幾乎可以吹走所有水手的頭。在牠以同樣的力量飛過杉樹時，力量之大，幾乎讓男孩只能原地轉圈，但他還是向巨鳥猛力揮出一劍，劈死了牠。

在這之後，他去到島上的小城，發現城裡每個人都很高興，因為國王的女兒不久前回來了。只是國王現在把她藏了起來，並承諾要將她許配給任何能找得到她的人，即使她已經私自跟男孩訂過婚了。

男孩走在路上，遇見了一位賣白熊皮的男人。男孩買下了那張皮，把它披在身上。其中一位船長，則拿了一條鐵鍊套在男孩身上牽著他，偽裝成是要進城表演的馬戲團。

這個消息傳進了國王的耳朵裡，這座城裡以前從來沒有過這種娛樂。城裡流傳說有一隻白熊，會舞蹈又會蹦跳；於是有一名

信使來通知要白熊立刻到城堡去，因為國王想看牠的表演。可是當白熊進到城堡之後，路邊圍觀的人都很害怕，因為他們從來沒見過這種野獸。船長說白熊完全沒有危險，除非他們亂嘲笑牠。如果這樣做，白熊可是會把他們撕成碎片的。

國王了解了情況以後，他警告整座宮廷的人不能取笑白熊。但是，當出現有趣的場面時，一個國王的女僕忍不住嘲笑了白熊。於是白熊撲向那女僕，抓住了她立刻把她撕成碎片。然後整座宮廷的人都哭了，船長則是哭得最兇的。

「無聊透頂！」國王說：「她不過是一個女僕，只不過她要忙的事比我多而已。」當整場表演結束時，已經是深夜了。「這麼晚了，你們現在離開不好。」國王說：「白熊就在這裡睡覺好了。」

「也許牠可以睡在廚房的爐火旁。」船長說。「那可不好，」國王說：「牠應該睡在這裡，有枕頭又有靠墊。」所以，一堆枕頭和靠墊被搬了來，船長則被安排到旁邊的一個房間就寢。

到了半夜，國王帶著一盞燈和一大串鑰匙來了，領著白熊走出房間。他穿過了一條又一條的走廊，穿過了一道又一道的門、還有不同樓層和房間；直到最後，他牽著白熊來到了一個面朝

著大海的碼頭。然
後，國王拉動碼頭
邊柱子上的小栓，
東擺西弄，直到一
間小房子從水邊升
了上來。國王就是
把他的公主藏在這
間房子裡，因為公
主對他而言非常寶
貴，所以國王不希
望有人能找到她。

國王把白熊留
在房子外，他自己先走了進去，告訴公主白熊會怎樣舞蹈、蹦跳
和耍馬戲。公主卻說她怕得連看一看白熊也不敢。但國王說服
她，說不會有任何危險，只要公主不笑。所以他就把熊帶了進
來，鎖上了門，讓白熊表演。只是表演到了高潮，公主的女僕卻
笑了出來。同樣，白熊撲到了她的身上把她撕成了碎片，於是公
主哭了。

「無聊透頂！」國王喊道：「這只不過是小事！我會幫妳找

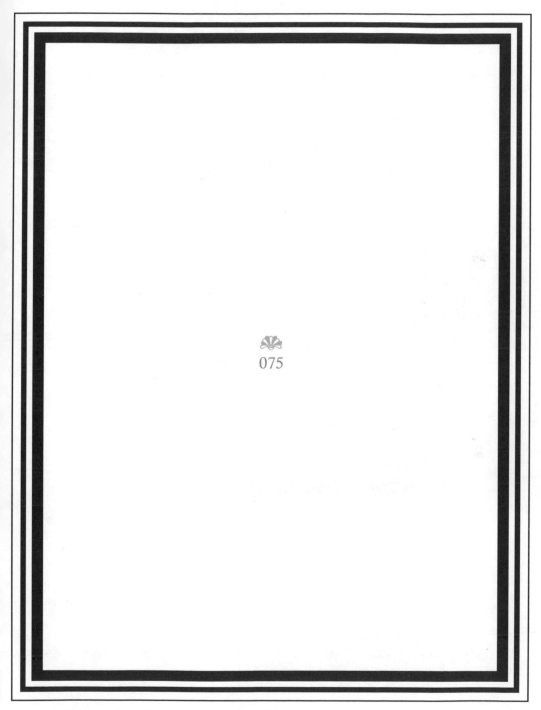

075

乞丐兒子懲罰了母親和山怪之後，就遠航到阿拉伯去找公主，並且為了掩飾自己而偽裝成一隻白熊混入王宮。當他現身在公主面前，兩個人都感到無比的喜悅。

到一個一樣好的。但我想現在白熊最好待在這裡直到早上，因為我不想這時候領著牠走過那些走廊和樓梯。」

「可是，」公主說：「我不想讓牠在這裡睡覺。」但這時白熊偏偏走到爐火旁，蜷著身軀躺了下來。所以，就算公主也睡在那裡，應該還是安全的。

國王走了以後，白熊便央求公主幫忙脫掉他的外皮，公主嚇得差點沒暈過去，雖然她覺得可以幫這個忙。脫掉了白熊的外皮後，白熊馬上又把熊頭拿掉。這時公主立刻就認出了男孩，並且非常開心。她想立刻告訴她的父親，她的解救者已經來了，但男孩卻不同意，說自己可以再次贏得她。所以到了早上，當他們聽見國王已經來到房子外時，男孩便再次穿上了白熊皮，躺在爐子旁。

「很好，牠還在嗎？」國王問。「是呀，牠還在。」公主說：「倒是沒有什麼動靜。」

國王牽著白熊回到城堡後，船長拉起白熊牽走了牠。之後，男孩脫掉了白熊皮，跑去找了一名裁縫，命令他做一身王子的華麗服裝。在他們準備好後，就去拜見國王，表明自己想找出公主。

「你不是第一個有這種想法的人，」國王說：「但他們都

失去了生命。因為，誰如果無法在二十四個小時內找到她，小命可就沒了。」了解，男孩是知道這個規則的。他仍然想試試，只是如果男孩找不到她，死亡將是他要付出的代價。

但城堡裡正好有一支樂隊在演奏甜美的曲調，美麗的女僕正跳著舞，所以男孩也跟著跳舞。十二個小時過去之後，國王說：「我實在是有點可憐你，你不是找人的那塊料！你肯定會丟掉小命的！」

「胡說！」男孩說。「有生命就有希望。所以只要我還有一口氣在，就沒有什麼好怕的，我們還有很多時間呢。」所以，他又接著跳舞，直跳到只剩下最後一個小時。然後，他宣布要開始找人了。

「現在已經來不及了，」國王說：「時間已經要到了。」

「點上你的燈，拿起你的大鑰匙，」男孩說：「跟著我走吧。不是還有一個小時左右嗎？」男孩以國王在前一天晚上領他走的相同路線和方式，要求國王開啟每一道門，直到他們來到朝向大海的碼頭。

「這沒有用，我告訴你，」國王說：「時間要到了，這裡能讓你出海。」

「還有五分鐘。」男孩說。於是他拉動柱子上的小栓，小房子立刻升了上來。

「現在時間到了！」國王大喊。「快來呀，公爵！砍了他的頭！」

「不對，不對！」男孩說：「等一下，還有三分鐘；快拿鑰匙出來，讓我進去這間房子。」但國王站在那裡，摸索著他的鑰匙，耗光了時間。最後說他沒有鑰匙。

「那好吧，如果你沒有，我有。」男孩說。他用力朝門踹了一腳，整個門碎裂開來，倒塌在房間裡的地板上。

公主就站在門口迎接男孩，然後告訴她的父親說這是她的解救者，她的心已經決定是他了。所以，公主就嫁給了男孩。

這就是乞丐男孩娶到阿拉伯國王女兒的故事。

故事賞析

　　乞丐母子在貧困的環境中相依為命，男孩在偶然間撿到了一條帶給人巨大力量的藍色腰帶，這表面上看似莫大的祝福，卻也同時改變了男孩的命運和他們母子的關係。腰帶帶給男孩巨大的力量之後，男孩可以天不怕地不怕地勇於冒任何危險。故事的前半段，主要說的是男孩與山怪和母親鬥智的各種經過。

　　剛開始，母親從剛到山怪家裡驚懼萬分的情狀，忽然轉變為願意與山怪雙宿雙飛，甚至進而合謀欲將兒子除之而後快，給人萬分難解的疑竇。或許可直接將它想成：男孩不是女乞丐親生的；或者是山怪對女乞丐施了魔法。但是，還有一種更複雜的解讀是：世間果真有某種愛慾情迷，能使人不顧一切，甚至將親情拋諸腦後。骨肉相殘的殘忍和恐懼，未必不曾在許多兒童最荒謬的夢裡出現過。

　　在男孩才剛體驗到愛情的喜悅之後，情節立刻急轉到另一種情境：母親居然搶走了他的腰帶，甚至幾乎殺害了他。在男孩落難之時，一直保護和陪伴他的居然是他以巨力收服的獅子們；牠們甚至幫他的眼睛復明，也讓他得以報仇。故事後半段的高潮，是男孩終於抵達了阿拉伯，並找到偽裝成白熊的方法混入了土

宮，甚至發現了找出公主的辦法。至於，為什麼男孩偽裝的白熊要把嘲笑牠的人撕碎；為什麼國王要把公主藏起來，並許諾要把她嫁給能找到她的人，只能說是令人既費解卻又格外有趣的謎團。

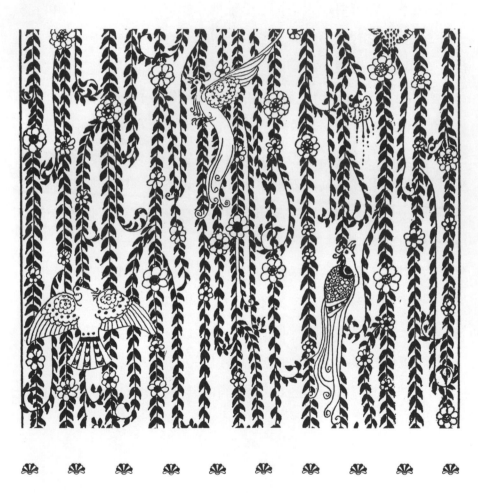

3. 〈鱗蟲王子〉

很久很久以前，有一個年輕的國王，娶了最美麗的女人當王后。他們過得非常幸福，除了一件事：就是他們沒有孩子。這經常讓他們難過，因為皇后想要一個小孩陪她玩，而國王則是想要有一個王國的繼承人。

有一天，王后獨自外出散步，她遇到了一個醜陋的老婦人。老婦人是一個女巫，只不過她是一位善良的女巫，而不是脾氣古怪的那種。

她說：「妳為什麼看起來這麼悲哀呀，美麗的女人？」「告訴妳也沒什麼用處，」王后說：「世界上也沒有什麼人可以幫我。」

「哦，這妳倒未必能確定。」老婦人說：「只要告訴我妳的煩惱，也許我可以做點什麼。」「親愛的婦人，這怎麼可能呢？」王后說。於是她告訴老婦人：「國王和我沒有孩子，這就是我為什麼如此難過的原因。」

「哦，其實大可不必。」老婦人說：「因為我可以施點魔法

幫助妳，如果妳完全照我說的去做的話。聽著，今晚日落時分，拿一個帶兩支耳朵（柄）的小杯子，把它杯底朝下地放在花園西北角的地面上。到明早日出時，拿起它，妳會在它的底下找到兩朵玫瑰花，一朵紅色的和一朵白色的。如果妳吃了紅玫瑰，就會得到一個小男孩；如果妳吃了白玫瑰，就會得到一個小女孩。」

「只是，無論如何，不能同時吃掉兩朵玫瑰，否則妳會後悔莫及。我只警告妳這一項，千萬要記住！」「太、太感謝了，」王后說：「這真是太好的消息了！」她想送給老婦人一枚金戒指；但老婦人並未接受。

王后回到家之後，就照她被吩咐的那樣，在第二天早晨日出時，悄悄進了花園。舉起小杯子後，出乎意料之

外她很驚訝地發現，在小杯子下面果真有兩朵玫瑰花：一朵紅色、一朵白色。這讓她困惑了，因為她不知道該怎麼選擇。

「如果我選紅色的，」她想，「這樣我會得到一個小男孩。但他可能長大以後去打仗，因此而戰死。但如果我選擇白色的，就會得到一個小女孩，她會留在家裡與我們一起，只是後來她還是會結婚，離開我們。所以，無論選了哪一朵，我們可能最終還是沒有孩子。」

但是，最後王后決定選擇白玫瑰，她吃了，嘗起來很甜。後來，她又把紅色的也吃了，忘記了老婦人的嚴厲警告。

一段時間以後，國王因為戰事而離開了國家。在國王不在的期間，王后成了一對雙胞胎的母親：一個是可愛的男嬰，另一個則是一隻鱗蟲。鱗蟲和飛龍非常相似，只是沒有翅膀。所以，王后看見鱗蟲時非常害怕，但牠卻扭動著身軀離開了房間，而除了王后也沒有人看見牠。所以，王后覺得那一定只是個夢。嬰孩王子是如此漂亮和健康，王后因此充滿了喜悅。不難想像當國王回家，發現自己有了兒子和繼承人之後，也和王后一樣喜悅。關於鱗蟲，再沒有任何人提起過，只有王后偶然想起。

許多日子過去了，寶寶漸漸長大成了一個年輕英俊的王子，到了他應該婚配的年紀了，國王派他去拜訪鄰近的國家。他乘著

由六匹白馬拉的皇家馬車，去尋找一位年紀適當的公主，作他未來的妻子。

當他到達第一個十字路口時，道路當中卻有一條巨大的鱗蟲阻擋著，足以嚇倒最勇敢的人。牠躺在路中央張著大嘴，喊著：「在你得到新娘以前，得先給我一個新娘！」於是王子讓馬車掉頭，嘗試走別的路，但這都沒有用。因為，在下一個交叉路口，鱗蟲又躺在那裡大喊：「在你得到新娘以前，得先給我一個新娘！」

王子不得不返回城堡，放棄了他拜訪外國的行程。而他的母親，王后，則不得不承認，鱗蟲所說的是真的。因為鱗蟲確實是雙胞胎中的兄長，所以牠應該要先有婚禮。

如果弟弟王子要結婚，那麼除了給鱗蟲找個新娘外，似乎沒有什麼別的辦法了。所以，國王給一個遙遠的國家寫了封信，要求許配一個公主給他的兒子（但是，當然，他沒有提到是哪個兒子）。

有一位公主來了。但她卻不被允許先去見她的新郎，直到牠站在大廳裡的一邊，並娶了她。當然對她而言，要說不嫁給牠，也已經為時已晚了。到了第二天早上，公主消失了，鱗蟲是獨自一人睡覺的。很顯然牠吃了她。

過了一段時間，弟弟王子決定再次外出尋找一名公主為妻。他又乘著有六匹白馬的皇家馬車出發了。但到了第一個交叉路口，鱗蟲又躺在那裡，張開大嘴喊著：「在你得到新娘以前，得先給我一個新娘！」於是，馬車試了另一條路，但同樣的事又發生了。他們這次仍不得不又折回頭，就像之前一樣。國王又寫了信給幾個國家，問問是否有人願意嫁給他的兒子。後來，另一名公主又被送來了，這次是從一個非常遙遠的地方來的。

　　當然她也不被允許在婚禮舉行之前，先見到她未來的丈夫。然後，看呀！新郎是站在她身邊的鱗蟲。到了第二天早上，公主又消失了，鱗蟲又是獨自一人睡的。很顯然牠又吃了她。

　　弟弟王子又將第三次展開他的求親之旅。但到了第一個十字路口鱗蟲又躺在那裡，牠又張開大嘴，像以前那樣要求一個新娘。王子只好又折回城堡，告訴國王：「你必須為我哥哥再找一個新娘。」

　　「我不知道還可以上哪裡去找？」國王說：「我已經成了把女兒送到這裡當新娘的兩個強大國王的敵人了。我現在完全沒有任何想法，還可以上哪裡去找第三個女孩。因為已經有謠言傳出來了，我相信沒有公主會敢來的。」

　　在一座樹林附近的小村莊裡，居住著一個幫國王看羊的牧羊

人，是一名老人和他唯一的女兒。

有一天國王來了，對他說：「你能把你的女兒給我的兒子鱗蟲當妻子嗎？我會讓你的餘生大富大貴。」

「不行啊，陛下，」牧羊人說：「我不能這麼做。她是我唯一的孩子，我想讓她在我年老了之後照顧我。而且，如果鱗蟲沒讓兩個漂亮公主留下，牠也不會讓她活著。牠只會把她吞下去，她不應該得到這樣的命運。」只是國王可不會接受否定的回答。最後，老人不得不屈服。

好吧，當老牧羊人告訴他的女兒，她將成為鱗蟲王子的新娘時，她完全絕望了。她走進樹林裡，捶胸頓足，為她悲慘的命運哭泣。

就在她徘徊遊蕩的時候，一個老巫婆突然出現在一棵中空的大橡樹前，然後問她：「妳為什麼看起來這麼悲哀呀，美麗的女孩？」

牧羊女孩說：「告訴妳也沒什麼用處，世界上沒有人可以幫我。」老婦人說：「哦，這妳不見得知道，只要妳對我說出妳的煩惱，也許我可以做點什麼。」

「啊，這怎麼可能？」女孩說：「我要被嫁給國王的長子了，牠是一隻鱗蟲。牠已經娶過兩位美麗的公主，卻吞噬了她

們。牠也會吃掉我的！所以我很痛苦。」

「哦，其實妳不需要，」女巫說：「因為我可以施點魔法幫助妳，只要妳完全照我對妳說的話做。」女孩說她會照做。

「那麼，聽著，」老婦人說：「在婚禮儀式結束以後，就是妳準備去休息的時候，妳必須要求穿上十件雪白的襯衣。然後，妳還必須要求一個盛滿鹼水的浴缸（也就是用木灰製成的水），和一個裝滿新鮮牛奶的浴缸，還有男孩兩手所能拿的盡可能多的皮鞭，把這些都帶進妳的臥室。」

「然後，當鱗蟲要妳脫掉襯衣時，妳也要叫牠脫掉一層皮。當牠把所有的皮都脫掉了以後，妳必須拿泡在鹼水中的皮鞭，抽打牠；接下來，妳還必須用新鮮牛奶洗滌牠；最後，妳還必須把牠抱在懷裡，只需要一刻鐘就可以了。」

「最後一件事是最糟糕的，喔！」牧羊女說。她對必須擁抱一個冷酷的、黏膩的、有鱗片的鱗蟲的想法不寒而慄。「就像我說的，一切都會變好的。」老婦人說著，然後她就消失在橡樹後了。

當結婚之日到來，女孩被六匹白馬拉著的皇家馬車接進城堡裡，化上新娘妝。她要求為她取來十件雪白的襯衣，和裝滿鹼水和牛奶的浴缸，還有男孩兩手所能拿的盡可能多的皮鞭。

城堡裡的女士們和朝臣們想，這一定是某種農村的迷信，既荒唐又可笑。但國王命令：「答應她所有的要求。」然後她就穿戴上最華美的禮服，成為看起來最美麗的新娘。婚禮進行時，她被領進大廳站好，這是她第一次見到鱗蟲，牠進來時就站在她身邊。所以他們舉辦了一場盛大的婚禮和宴會。在婚宴結束之後，新郎和新娘被音樂、燈火和盛大的遊行引導到他們的新居所。

當房門關上了以後，鱗蟲轉向她，說：「可人的少女，脫掉妳的襯衣！」牧羊女回答說：「鱗蟲王子，脫掉您的外皮！」

「先前可沒有人膽敢要我這麼做！」鱗蟲說。「但我現在命令你這麼做！」她說。然後牠開始呻吟和扭動，在幾分鐘內，一條長長的蛇皮就擺在鱗蟲身旁的地板上。女孩揮擊她的第一鞭，並把它抽在鱗蟲的皮膚上。

鱗蟲再次對她說：「可人的少女，脫掉妳的襯衣！」牧羊女回答說：「鱗蟲王子，脫掉您的外皮！」

「先前可沒有人膽敢要我這麼做！」牠說。「但我現在命令你這麼做！」她說。然後牠開始呻吟和扭動，脫掉了第二層皮膚，牧羊女用她的第二件襯衣覆蓋它。鱗蟲第三次說：「可人的少女，脫掉妳的襯衣！」她回答說：「鱗蟲王子，脫掉您的外皮！」「先前可沒有人膽敢要我這麼做！」牠的小眼睛怒視著

089

身穿白色襯衣的牧羊女，初次遇上鱗蟲，鱗蟲蜷起身來圍繞著她。牧羊女之所以面無懼色，是因為她獲得了女巫的指示。

她。但是女孩並不害怕，再一次她命令牠這麼做。

這樣一直持續到第九層鱗蟲皮擺在地板上，每一層都被雪白的襯衣覆蓋。除了鱗蟲本身，再也沒有什麼令人駭怕的厚皮殼了。然後，女孩抓起鞭子，把它們浸在鹼水中，用力狠狠地鞭打了牠。接下來，她又用新鮮的牛奶洗滌牠。最後，她又把牠拖到床上，把手臂環繞著牠。在那一刻，她很快地睡著了。

到了第二天一大早，國王和臣僕來了，他們通過鑰匙孔向裡面窺視。他們想知道牧羊女的下場，只是沒有人敢進入房間。但後來，他們的膽子漸漸大了起來，所以悄悄地打開了一點點門縫。

結果，他們在那裡看見了那女孩，竟然是活生生和美麗的，而且在她身旁，沒有鱗蟲，卻有一位人人都希望見到的英俊王子。

國王急忙跑出去帶王后過來看。在這之後，城堡舉行了前所未有的慶典。婚禮重新被舉辦一次，而且比前一次更加華麗和盛大，節慶、宴會和狂歡會一連持續舉行了好長的時間。

沒有一個新娘，像這位來自農村的牧羊女，得到國王和王后這麼多的寵愛。他們對她的疼愛和恩慈永遠沒有窮盡，因為，通過她的敏銳、冷靜和勇氣，她救了他們的兒子，鱗蟲王子。

故事賞析

　　王后因為沒有聽從女巫的指示，不慎生下了王子和鱗蟲王子。王子長大後想娶妻，卻受到鱗蟲的阻礙，因為鱗蟲身為長子理應先娶妻。因此，國王陸續安排鄰國的公主嫁給鱗蟲，但嫁來的公主陸續讓鱗蟲給吃了。所以，國王最後只能找來出身卑微的牧羊女，還是女巫出面指點才拯救了牧羊女不遭遇被吞噬的厄運。

　　在故事中，國王和王子雖然不是主要的人物，但他們一方面身為鱗蟲為害的受害者，另一方面卻又成了加害其他無辜者的幫兇。當他們得知鱗蟲會吃掉新娘時，想必是焦慮又無奈的。另外一位非主要的人物是女巫，始終參與在整個事件中發揮著關鍵作用；儘管鱗蟲所受到的咒詛來自於他的母親的失誤，咒詛的解除則歸功於牧羊女。女巫的祝福總是藏在女巫所指示的魔法中，但唯有完全按照指示去做，才能獲得祝福。

　　牧羊女聽從女巫的指示，面對鱗蟲時用來脫困的自救之道，整個過程就像是一套繁複又神祕的儀式。同時，透過這個儀式，牧羊女以九道使鱗蟲脫去皮殼的環節，成功地釋放了他。鱗蟲原本就是位高貴的王子，即使他被多層醜陋的皮殼所包裹，卻仍然

能被恢復其真實的面貌。牧羊女其實與鱗蟲王子也有相似之處，只是她的高貴並不在身分和地位。牧羊的工作想必需要細心、機警、勇敢，這次面對被鱗蟲吞噬的危機，可說是充分顯露了牧羊女內在的高貴品質。

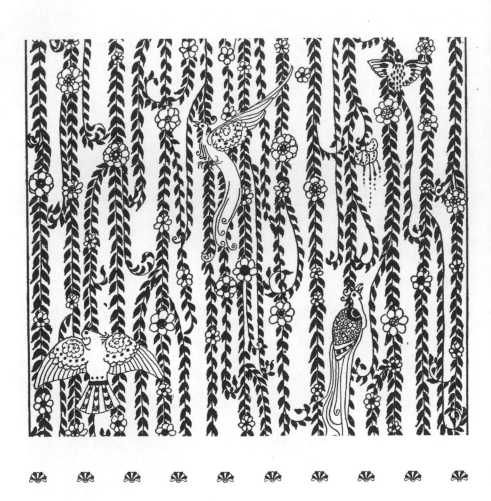

4.〈拉西和她的教母〉

　　從前，一對貧窮的夫婦，遙遠地住在一片大樹林裡。妻子嫁到這裡來以後，生了一個漂亮的女孩。只是他們很窮，不知道怎麼樣才能讓寶寶接受洗禮，因為他們沒有錢付給教區牧師。

　　所以有一天，父親出門去想辦法，看能不能找到什麼人，願意為孩子支付洗禮的費用。只不過，雖然他一整天從一家走到另一家，所有人都說他們願意出席典禮，但卻沒有人覺得自己應該幫忙出錢。所以，他只好準備回家，但卻遇見了一位穿著華麗的美貌女士。

　　這女士看起來既高貴又良善，她說自己願意出錢讓寶寶受洗，只不過在那之後，她必須要帶走寶寶當自己的小孩。

　　丈夫回答說，他得先回家問過妻子才能決定。只是當他回家告訴妻子這件事以後，妻子一口就拒絕了。

　　到了第二天，男人又出門去想辦法，因為如果要人幫忙出錢，就沒有人願意出席典禮；不管他如何乞求和祈禱，還是無法得到任何幫助。當天晚上，他在回家的路上，又遇見了那位美貌

的女士，看起來既高貴又良善，她又向他提出了相同的建議。所以他回到家以後，又再次告訴了他的妻子。

只是這次他的妻子卻說，如果他再去一次還是找不到任何人幫忙支付洗禮的費用，那就只好接受那個女人的建議了，因為她似乎是高貴又良善的。

到了第三天，男人又出門了，同樣他還是不能找到任何人幫忙；到了晚上，他又在回家的路上遇見了那位親切的女士。於是他只好讓步，只要能讓他們的寶寶在聖水盆裡受洗，她就能得到寶寶。

第二天早上，女士來到這對夫婦住的地方，身後還跟著兩位牧師，他們把寶寶帶到教堂去，在那裡進行洗禮。之後，女士就把寶寶帶回自己家

了。

　　在那裡小女孩和女士一同住了幾年，小女孩的教母總是非常善良和慈祥地對待她。當這個名叫拉西的小女孩長大到能懂事的時候，她的教母準備去旅行。

　　「我要離家一段時間，」她說：「整棟房子妳都可以去，除了我告誡過妳不能去的房間以外。」說完這些以後，她就離開家門了。

　　但是拉西卻忍不住還是打開了一點點房間的門，「唰！」地一聲，飛出了一顆星星。

　　當教母回到家以後，她很驚訝地發現星星已經飛出去了，因此她對這個教女非常生氣，並威脅要把她送走。在小女孩不斷哭泣和懇求之後，她才被允許留下來。

　　又過了一段時間，教母又不得不去旅行了。在她出發之前，她又再次告誡拉西，不能進去她從來沒有進去過的那兩間房間，拉西答應會小心。但是，當她孤身一人時，她又開始想，那第二個房間裡會有什麼。

　　最後，她還是忍不住把門又打開了一點點，悄悄往房間裡看，「唰！」地一聲，飛出了一顆月亮。

　　當教母回到家以後，發現月亮也被放走了，她非常沮喪地對

一對窮人夫婦因為沒錢讓剛出世的女兒拉西受洗，因此他們同意一位貴婦的要求，以將女兒交給她撫養作為條件，好讓拉西得以受洗。女兒漸漸長大後，有一次教母得出遠門，禁止拉西進入房子內的一些房間。圖中是，拉西按捺不住好奇心，想要偷窺——唰！月亮從門縫中溜走了。

拉西說，她必須離開，不能再留在這裡了。但是拉西哭得那麼痛苦，為乞求得到寬恕而祈禱，這一次，她又再次被允許留下。

又過了一段時間後，教母又不得不離開去旅行。她再次警告拉西，拉西這時候已經長得夠大了。拉西非常誠懇地說，她絕不會試圖進入或者窺探第三個房間。但是當她的教母離開一段時間之後，拉西實在厭倦了一個人獨自走來走去；她又心想：「老天，如果能偷看第三個房間裡到底有什麼的話，就太有趣了。」只是，她又想，為了教母她不能這麼做。然而，第二次又出現這個想法時，她就無法再堅持了。

會出現什麼呢？她一定得看看房間裡有什麼。就在她剛剛打開一點點門縫時，「唰！」地一聲，飛出了一顆太陽。

她教母回來之時，知道太陽也飛走了之後，心碎地說：「現在，做什麼都沒有用了，妳必須立刻離開。」她不能再留下拉西了。拉西哭得淅瀝嘩啦的，懇切地乞求又祈禱，但完全沒有用。

「不行！妳必須受懲罰！」她的教母說：「但妳可以有選擇，要麼成為世上最美麗的女人，但卻不能說話；要麼成為最醜陋的女人，卻可以說話。但是無論如何，妳都必須離開我，妳必須走。」

拉西回答說：「我寧願變得美麗。」所以她立刻變成了一個

美麗的女人。只是從那天起，她就成了啞巴。

當拉西離開了她的養母之後，她穿過一大片樹林，愈走愈遠，好像沒有盡頭似的。當夜晚來臨時，她爬上了一棵生長在瀑布中的高大樹木，就睡在那裡。

附近不遠的地方有一座城堡，每天早上都會有一個女僕從城堡出來，到拉西所在的瀑布裡取一些水，回去為王子煮茶。取水的時候，女僕朝下往瀑布裡一看，竟看見水中倒映著一張美麗的臉，她以為那就是她自己的樣子。

她拋下了水罐，急忙跑回城堡；回到了那裡，她對著鏡子搔首弄姿地說：「如果我那麼美，根本就用不著大老遠去扛水呀！」

這樣，另一名女僕就不得不去扛水了，但是同樣的事也發生在她身上。她回去以後也到處對人說，既然她那麼美，根本輪不到她去瀑布那裡扛水。

最後，只好由王子自己去扛水了，因為他也想親自去看看到底是怎麼一回事。當他到了瀑布以後，他也從水裡看到了相同的景象；但是他立刻抬起頭來，發現了樹上那位可愛的拉西。然後他把她哄了下來，帶她回家。

王子下定決心要讓拉西成為他的王妃，因為她是那麼美麗，但是王子的母親卻反對這件事。「她不能說話，」老王后說：「也許她是個邪惡的女巫。」但王子堅持要娶拉西為妻。最後王子終於如願了。

在他們結婚共同生活了一段時間以後，拉西懷了一個孩子。嬰孩出生時，王子安排了嚴密的守衛。

只是就在這時，拉西的教母來到了城堡，所有人都陷入了沉睡之中。她割開了寶寶的小手指，用血抹在王妃的嘴上。並說：「現在妳要像放走我的星星時一樣悲傷。」說完這些話以後，她就把寶寶帶走了。

當守衛醒來之後，他們以為是王妃吃掉了自己的小孩；老王后要求燒死拉西。只是王子深愛著她，因此王子乞求赦免她，盡

100

拉西先後因好奇心而讓星星、月亮和太陽都溜走了，教母已無法再原諒拉西的第三次過錯。拉西不只被驅逐家門，還變成了雖有美貌卻不能說話的女子。她流浪來到了一處瀑布，並爬上了旁邊的一棵樹。一位王子從水面上看見拉西美貌臉龐的倒影，發現了坐在樹上的拉西，就哄她下來將她帶回家去。

了極大的努力才讓拉西得到赦免。

　　到了下一次，拉西王妃又懷了一個孩子，這次王子安排了比上次多一倍的守衛，但同樣的事卻還是發生了。這一次，她教母說：「現在妳要像放走我的月亮時一樣悲傷。」

　　拉西哭泣著又乞求又祈禱，她面對教母時可以說話，但現在卻做不到。這次老王后說一定要把拉西燒死，但王子還是找到辦法赦免了她。

　　當第三個孩子出生時，守衛的人數是第一次的三倍，但同樣的事又再次發生了。

　　教母又在守衛睡著時來了，她又割開了寶寶的小手指，用血塗抹了拉西的嘴，對她說現在拉西要像放走她的太陽時一樣悲傷。

　　這一次王子再也不能救拉西了。她必須被燒死。

　　就在他們要把她帶到刑場的時候，她的教母出現了。

　　她領著三個拉西的孩子——手上牽著兩個，第三個則用她的手臂抱著，她走上前去對年輕的王妃說：「這些就是妳的孩子，現在妳可以再次擁有他們。我是聖母瑪利亞，曾經感受到與妳相同的悲傷，就在當妳放走了太陽、月亮和星星的時候。現在，妳已經為妳所做的事受到懲罰了，以後妳說話的能力也可以恢復

102

拉西的教母對拉西說：「這些就是妳的孩子，現在妳可以再次擁有他們。我是聖母瑪利亞，曾經感受過與妳相同的悲傷，就在妳放走了太陽、月亮和星星的時候。 現在，妳已經為妳所做的事受過懲罰了，今後妳也可以再次恢復說話的能力。」

了。」

　　所有人都能想像得到，王子和王后現在有多麼高興、快樂地和尋回的小孩子們在一起。從那一天起，就連王子的母親也非常喜歡拉西王妃了。

故事賞析

　　拉西的父母為了張羅拉西受洗的事，甚至願意讓小孩離開自己，實在令人費解受洗這件事為何對初生的嬰兒那麼重要。對應到現實世界，也許「受洗」可以是別的事。只是，有時讓子女離開自己，卻是愛的另一種表現。

　　之後，拉西在教母的家裡，因為好奇而陸續放走了星星、月亮和太陽，她並沒有通過教母對她的信任考驗，也不知道被放走的東西對教母的意義，和自己到底闖了多大的禍，只是關心自己的處境，只知求取寬恕，不願被教母趕出家門。

　　拉西被教母趕走時，必須選擇一項懲罰：「要麼成為世上最美麗的女人，卻不能說話；要麼成為最醜陋的女人，但卻可以說話。」拉西選擇了前者，因為美麗相較於人的其他特質，總能產生最大的魅力。只不知，這到底算是懲罰還是恩賜，因為即使是一個失去聲音的女人，仍然能夠憑藉著美貌成為王妃。就連兩位

扛水的侍女，也認定如果自己擁有那樣的美貌，就不應該去做那些粗重的工作。

真正的懲罰則是在拉西的小孩三次被人奪走之時，甚至還被人誤以為是自己吃了小孩。因此，一次次的喪子之痛、遭受可怕的誤解，再加上面臨被處死的危險。最後教母現身，解開了拉西苦難之謎的答案，並將沒收和扣留住的幸福，一次全部償還給拉西全家。原來拉西的教母——聖母瑪利亞的化身，早已準備好在她苦難的終點等待著她。

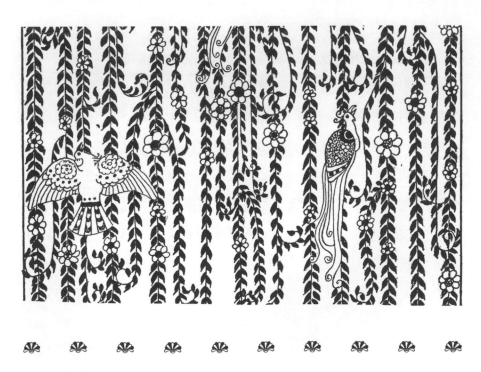

5.〈白境的三個公主〉

從前有一個漁夫住在皇宮附近，為國王的餐桌釣魚。有一天他出去釣魚，卻沒有捕到什麼。無論他用什麼辦法嘗試，用不同的地點和誘餌，他的釣鉤還是連條小魚都抓不到。

但是，就在這天將要過去的時候，一顆頭從水裡冒了出來，說：「如果我可以擁有你妻子腰帶下的東西，你就能抓到夠多的魚。」

於是漁夫大膽地回答說：「好的。」因為他不知道他的妻子已經有了一個孩子。接著，他就抓到了各種各樣的大魚。

當他晚上回家

時，對他的妻子說起自己是如何抓到這許多大魚的，但他的妻子卻哭泣和呻吟了起來，對她丈夫所作的承諾非常激動。她說：「我的腰帶下懷了一個小孩。」

結果故事傳得很快，也傳進了皇宮。國王聽說這個女人的悲傷和原因以後，他下令說他會設法照顧這個孩子，看能不能救他。

幾個月以後，當日子滿了，漁夫的妻子生了一個男孩。國王立刻就把他接走，當成自己的兒子養育，直到小孩漸漸長大。

後來，有一天，這個小孩請求和他的父親一同外出去釣魚，他說自己一直想這麼做。起初，國王不理會這個請求，但最後還是同意了。因此，他和他的父親外出了一整天，一切都很順利，直到夜晚來臨。

少年忽然想起了被他遺落的手帕，就去尋找。只是當他上了小船以後，水流立刻在船底下狂湧，推著小船駛離，少年拚盡全力划槳也毫無用處。小船走了整整一晚，最後他來到非常遙遠的一處白色河岸。

他在那裡上了岸。走了一會兒之後，出現了一個有白鬍子的老人。

「這個地方叫什麼名字呢？」少年問。「白境。」那老人

說。他問少年是何時來的，想做什麼。所以少年告訴了他整件事的經過。

「好的，好的，」老人說：「現在你得沿著這條河岸走得更遠，你會遇見三位公主，她們被埋在土裡，只有脖子以上的頭露出來。見到的第一位，她是最年長的，會盡力懇求你幫助她；第二位也會做同樣的事，只是這兩位公主你都不可以去幫忙。要快快經過她們，就像你既沒有看見、也沒有聽見任何聲音。但是到了第三位，你就得要去做她要求你的事。如果你這麼做，就會得到好運。」

少年見到第一位公主時，她大聲呼叫他，盡力懇求他到自己身邊來，但他卻不理會，就好像沒看見她似的。同樣，他又經過了第二位公主，但是到了第三位公主時，他就走向前去。

「如果你能照我所要求的去做，」她說：「你就能在我們三位之中，選擇一位你所喜歡的。」「好的。」他很樂意。所以，她告訴了他，三個山怪是如何把她們埋進土裡的，而之前她們是住在樹林的城堡裡。

「現在，」她說：「你必須走進那座城堡，每晚讓山怪為我們三個人鞭打你。如果你能忍受，就可以讓我們獲得自由。」好吧，少年說他可以試試。

108

圖中的年輕人是漁夫的兒子，他和父親去釣魚時被海浪沖到名為「白境」的地方。少年遇見了一位老人，老人說他會在路上遇見三位公主，她們的身軀都被埋在土裡，只有頭頸露出來。他又告訴少年，不要聽將遇見的前兩位公主的請求，而要聽從最後的，也是最年幼的公主的話，才會為他帶來好運。

「你進去時，」公主繼續說：「會看見兩隻獅子站在門口，但只要你從牠們的中間通過，牠們就不會傷害你。然後直直走進一個黑暗的小房間，躺在那裡的床上，之後，山怪就會來鞭打你。但只要你取下掛在牆上的小瓶子，用裡面的藥膏塗抹自己，那麼無論他的鞭子落在哪裡，都會恢復得和原來一樣。之後，你可以取下懸掛在小瓶子旁邊的劍，把山怪砍死。」

於是他按照公主告訴他的，從兩隻獅子之間通過，就彷彿沒有看見牠們一樣。接著他又直接走進那個黑暗的小房間，到了那裡他就躺下來睡覺。當夜晚來臨時，一個有三顆頭的山怪帶著三根木杖來了，要鞭打少年。他就站在那裡，直到山怪鞭打完畢。之後，他取下了小瓶子，用裡面的藥膏塗抹自己，接著又取下了劍，砍死了山怪。

第二天早上他出去時，看見公主還被埋在土裡，但已經上升到腰部的位置。

第二天晚上，同樣的事又發生了一次。只是這次是一個有六顆頭的山怪帶著六根木杖來，他鞭打少年遠比第一個更猛烈。但是當少年第二天早上出去時，公主雖然還被埋在土裡，卻已經上升到膝蓋的位置。

第三天晚上是一個有九顆頭的山怪帶著九根木杖過來，他猛

烈地鞭打了少年，以至於讓他痛得昏了過去。然後山怪舉起了他，把他重重地砸在牆上。但是這時猛烈的撞擊也讓牆上的小瓶掉了下來，落在了少年身上，藥膏灑出來全濺到了他的身上，所以，他又恢復得像之前一樣健康。然後他毫不猶豫地趕緊抓起了劍，砍死山怪。

第二天早上，他離開城堡去看公主們，她們已經全都離開了土裡，站立在他的面前。最後，他娶了最小的那位公主，成為了國王。他和小公主一起快樂地生活了一段時間。

後來，他開始想回家看看他的父母，不過他的王后可不喜歡這個主意。只是他的心意已經確定，因為他是如此深切地渴望回家，沒有什麼事可以阻止他。所以，王后說：「有件事你必須答應我，就是只能做你父親要求你的

事，不能做你母親要求的事。」國王答應了。

她給了他一枚戒指，這是一枚任何人戴上之後就可以許兩個願望的戒指。所以，他許願希望自己能回家，便立刻如願了。當他回到家時，他的父母沒想到他們的兒子竟然已經長成了青年。

他回家後過了幾天，他的母親希望他去皇宮，讓國王看看他現在已經是一個大好青年了。但他的父親卻說：「不行，別要他這麼做，因為這樣，我們就不能從他得到更多喜悅了。」但是這並不對，母親乞求和祈禱了老半天，最後他還是去了。

他到皇宮去時，已經比以前勇敢得多，衣著和氣派都不比別的國王遜色。

但老國王這時卻說：「這都很好，但是你看到我的王后了嗎？誰能像她一樣美？可是我卻沒看過你的，我想她應該不可能像我的王后那樣美。」

「那可未必，」年輕的國王說：「但願她現在在這裡，你就會看到她的樣子了。」話剛說完的那一瞬間，他的王后就站在他們面前了。

但是，她卻看起來非常悲傷地對他說：「你為什麼沒記住我對你說過的話？你為什麼不聽你父親的話？現在，我必須回家了。至於你，你已經用掉了兩個願望。」

她以自己的名義在他的頭髮上編織了一個髮圈，並許了一個讓自己回家的願望，就立刻消失了。青年國王的心感到如刀割一般痛苦。

日子一天又一天地過去，他不斷想著要如何才能再回到他的王后身邊。「我必須試試，」他想，「只是我無法知道白境在哪裡。」於是，他便啟程出發到外地去打聽。

他走到非常遙遠的地方，來到了一座高山。在那裡他遇見了一位森林中所有野獸的主人，因為當他吹號角的時候，野獸們全都會去見他。所以，青年國王問他是否知道白境在哪裡。

「不，我不知道。」他說：「但我可以問問我的野獸們。」於是他吹了號角呼喚牠們，問問牠們之中是否有誰知道白境的所在，但卻沒有一隻野獸知道。

所以，男人給了他一雙雪鞋。「如果你穿上這雙鞋，」他

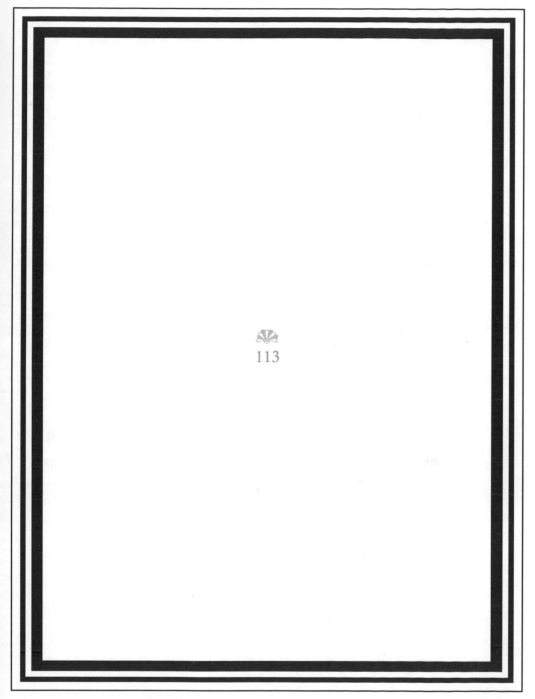

113

年輕人拯救了公主們，並和最年幼的公主結婚，成為了白境的青年國王。一段時間後，青年國王想回家探親，卻不聽從妻子的警告而浪費了向魔戒許願回白境的機會。於是，青年國王就開始了漫長又曲折的旅程。他艱辛地在冰天雪地裡行走著，用盡各種方法希望找到能夠回白境的路，而腳上所穿的就是從百獸的主人那裡借來的雪鞋。

說：「你就可以見到我哥哥，他就住在數百哩之外，他是天空中所有飛鳥的主人，去問他吧。當你到他那裡之後，只要掉轉一下鞋子，讓腳趾指向這裡，它們就會自己回家了。」所以當青年國王到了那裡後，他就掉轉過鞋子，讓它們自己回家了。

他再次詢問白境的所在，那個人用號角呼喚所有的飛鳥，問牠們是否知道白境在哪裡，但卻沒有一隻鳥知道。過了許久，在其他的鳥都到達了之後，來了一隻蒼老的鷹，牠已經飛離這裡十年之久了，但卻也不能給出與其他鳥不同的說法。

「好吧！」那人說：「我再借給你一雙雪鞋，當你穿上它們以後，它們會把你帶到我哥哥那裡，他就住在數百哩外，他是海中所有魚群的主人。最好還是去問他吧。但不要忘記要掉轉鞋子腳趾的方向，讓鞋子自己回來。」國王心裡充滿了感謝。

穿上了鞋子以後，他來到了魚群主人之處。他又把鞋子掉轉，讓它們就像之前那對鞋子那樣回去。接著，他又再次詢問白境的所在。

那人吹動號角呼喚魚群，可是沒有魚可以告訴他白境在哪裡。最後來了一隻老邁的狗魚，狗魚群們雖然有重要的工作要回家，但牠卻偏離了水路來到這裡。當他們問牠時，牠說：「我知道，我想我知道。我曾經在那裡做了十年的廚師，明天我又要回

那裡去了。現在，白境的王后因為國王離開，將要和另一個丈夫結婚了。」

「好的，」魚群主人說：「這樣，我給你一點建議。附近有一片沼澤地，有三個兄弟住在那裡。他們已經杵在那裡幾百年了，為應該怎麼分配到一頂帽子、一件斗篷和一雙靴子而爭吵。無論是誰，擁有這三件東西，就可以使自己隱形，可以到任何他想去的地方。你可以告訴他們你能為他們試用這些東西，為他們判斷誰應該擁有這些東西。」好的，國王於是感謝魚群主人，按他所說的去做。

「這是怎麼了？」年輕國王對三兄弟說：「你們為什麼每天都在這裡爭吵？讓我來試試這些東西吧，這樣我可以幫你們判斷一下它們應該屬於誰。」三兄弟非常樂意接受這個提議。

但帽子、斗篷和靴子一落入他手中之後，年輕國王就說：「我們下次見面時，我會告訴你們我的判斷。」說完這些話後，他許願自己離開，就上升到了空中。

北風來了。「要到哪裡去？」北風咆哮著問。「到白境去。」國王說。然後他說出所有的事。

「啊，」北風說：「你會走得比我快，因為你可以直走，而我卻必須在每一個轉彎和拐角處吹動。但是你到那裡之後，就讓

自己待在門邊的樓梯口，然後我將以風暴的姿態降臨，就像要吹倒整座城堡似的。接著，當要娶你王后的那位王子出來看看是怎麼回事時，你就抓住他的衣領，把他拉出門外，我就會設法料理他，看看是不是能把他捲走。」

結果，國王就照北風所說的那樣，站在樓梯口等候。不久，北風來了，不斷衝擊和咆哮。他抓住城堡的牆大力晃動，結果那位王子出來看看發生了什麼事。

王子出現之後，國王就立刻抓住了他的衣領，把他拉出門外，於是北風立刻抓住了他，把他給捲走了。

當那位王子完蛋了以後，青年國王走進了城堡。一開始他的王后沒認出他，因為他是如

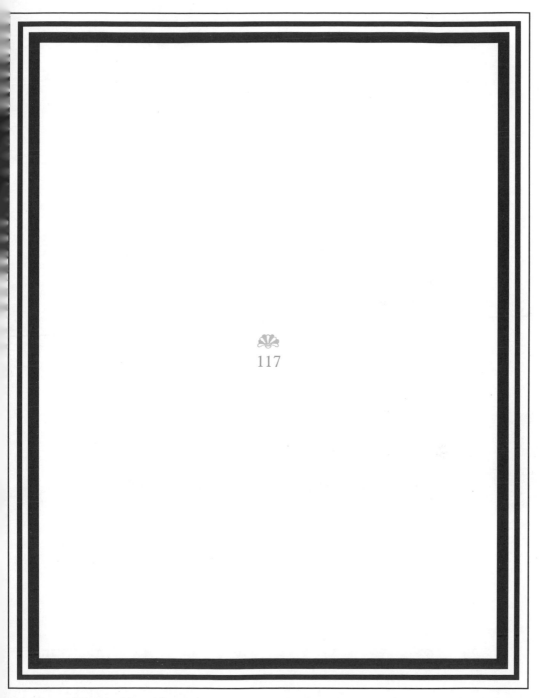

117

青年國王回到白境後，連王后甚至都認不出他來了，因為經過了這麼長久的遊蕩和悲傷，他是如此蒼白和消瘦。當他拿出戒指給她看時，她認出了他，而且很高興地接受了。兩人最後又再次結婚，幸福地生活下去。

❀   ❀   ❀   ❀   ❀   ❀   ❀   ❀   ❀   ❀

此蒼白和消瘦，經過了這麼長久的遊蕩和悲傷。但是當他拿出戒指給她看時，她便立刻認出了他，而且很高興地接受了。所以，他們就舉行了盛大的婚禮，名聲也遠遠地傳了開來。

故事賞析

　　漁夫為了順利捕到魚，大意地答應了水中神祕客的要求，將妻子腰帶下的東西送給了他。儘管如此，故事中的漁夫夫婦並沒有將小孩交給神祕客，直到小孩在國王的幫助和養育下，長大成了少年。這個謎樣的要求，終於有一天是以將少年帶到一處陌生白境的方式完成。這個神祕客到底是誰？他的意圖為何？在故事中並沒告訴我們。

　　神祕客似乎等待將少年帶到白境已久，但這個少年在白境所遭遇的事到底是巧合，還是經過設計卻很難說。此外，公主自身似乎也擁有一定的魔力，因此小公主能預見青年國王如果回到故鄉，終將因為沒有記取自己的叮嚀，不聽父親的話而聽從母親；甚至為了向老國王炫耀自己的王后，而失去了回到白境的機會。然而，雖有魔力，公主們先前卻還是受困於山怪，還被埋進土裡。所以，到底公主們是真的為山怪所囚禁，還是一切只是為了考驗這位未來國王的精心安排，故事裡也沒有告訴我們。

❀   ❀   ❀   ❀   ❀   ❀   ❀   ❀   ❀   ❀

少年的人生是受到祝福的，他本是漁夫之子，卻在種種巧合的情況下，成為老國王的養子；又因為在白境的英勇行為除掉山怪和拯救公主，而成為一位新的國王。只是，真正考驗他的卻是設法回到白境的旅程。儘管他本身已經是一位國王，但是屬於他的國度卻是在白境，如果無法回到白境，他就仍然只是漁夫之子。然而，他在回到白境的旅程中的種種表現，也同時證明了他確實具備了成為王者的資格。

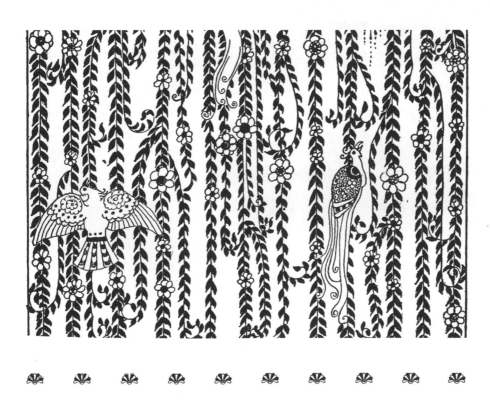

6. 〈沒有心臟的巨人〉

從前從前，有一位國王有七個兒子。他非常地愛他們，無法忍受他們同時全都不在身邊，至少必須有一位和他在一起。所以，當他們長大後，六個兄弟想外出去尋找妻子，父親就把最小的兒子留在家裡，而其他的兒子們則會為他帶回一個公主為妻。

國王給了六個兒子最華麗的衣服，這讓整條路上都有絢爛的光彩伴隨著他們。每個人也都各自擁有非常珍貴的馬，於是他們浩浩蕩蕩地出發了。在他們到過許多皇宮，見過許多公主之後，他們來到了一位有六個女兒的國王那裡。他們從來沒有見過如此可愛的公主，所以每一位王子都各自愛上了她們。在他們得到了公主們的芳心，準備回家的時候，忘記了為他們那位留在家裡的兄弟——布斯，帶回一位公主，因為他們全都各自為自己的伴侶著迷。

只是，他們才往回程走了一會兒，就經過了一處陡峭的山坡。這山坡看起來就像一面巨大的牆，原來這裡是巨人的房子。

巨人走了出來，盯著這些人看了看，然後就把王子和公主們

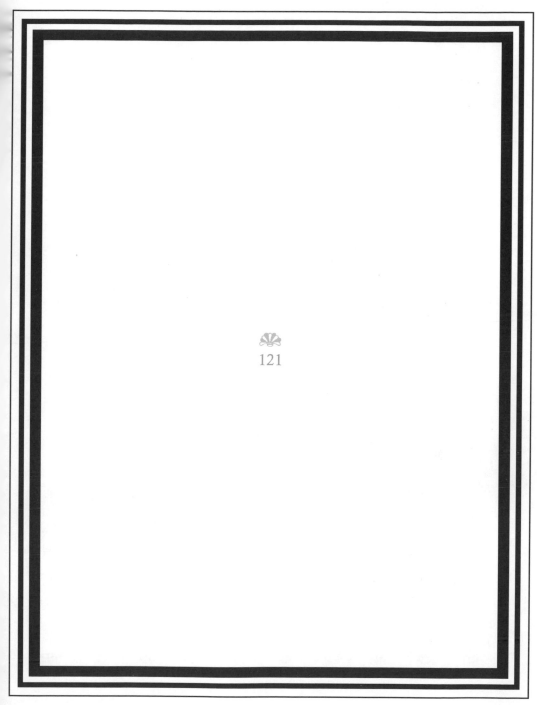

121

有個生了七個兒子的國王，當王子們都長大以後，六位較年長的王子出發去拜訪鄰國，各自想尋找一位公主作妻子，只有最年幼的王子留下陪伴父親。國王讓他們分別穿上了最華麗的衣裝，騎上駿馬啟程遠行。

全部都變成了石頭。

　　此時，國王正等待著他的六個兒子們回家，只是時間過了許久，卻仍然音信全無。所以，他陷入了極深的憂慮中，永遠不知道何時能夠再見到兒子們。

　　「如果當初我沒有讓你留下的話，」他對布斯說：「我就活不下去了。但現在，我還是為失去了你的兄弟們而充滿悲傷。」

　　「我一直想求您讓我出發去找他們。」布斯說。

　　「不，不！」他的父親說：「永遠不要離開我的身邊，因為那樣你也永遠回不來了。」

　　但布斯已經決心這麼做，所以他不斷地乞求國王讓他走，以至於國王不得不答應。只是，國王已經沒有其他的好馬可以給布斯了，因為他的六個兒子帶走了他所有的寶馬和好車，只剩下一塊破損的古玉別針。但布斯並不在乎這些，所以就跳上了他的老馬。

　　「再見了，父親。」他說。「我會回來的，別擔心，我會把我的六個哥哥帶回來的。」然後，他就騎上馬離開了。

　　他騎了一段時間後，看到一隻烏鴉躺在路上，拍動著翅膀無法離開，因為牠的肚子非常飢餓。

　　「哦，親愛的朋友，」烏鴉說：「請給我一點點食物，我會

幫助你，滿足你最大的需要。」「我沒有多少食物，」王子說：「我不知道你可以怎麼幫助我，但我還是可以給你一點食物，因為我看出你有需要。」所以他給了烏鴉他帶在身上的一些食物。

現在，他走得更遠了。他來到了溪邊，溪裡躺著一尾巨大的鮭魚。牠躺在一處乾涸的地方，扭動著自己卻無法回到水中。

「哦，親愛的朋友，」鮭魚對王子說：「請把我推到水裡吧，我會幫助你，滿足你最大的需要。」「好的！」王子說：「我敢說你能給我的幫助不會太大，但是讓你躺在那裡窒息，將是件令人遺憾的事。」於是，他就把鮭魚推回河裡了。

他又走了一段很長很長的路。遇到了一匹灰腳野狼。這是一匹躺在路上，用肚子爬行的餓狼。「親愛的朋友，請讓我擁有你

的馬吧。」野狼說：「我很餓，冷風吹過我的肋骨，我已經有兩年沒有吃東西了。」

「不行，」布斯說：「我不能這麼做。開始我遇見了一隻烏鴉，我被迫給牠我的食物。然後我遇見一隻鮭魚，我又必須幫牠回到水裡。現在你又要我的馬，我不能把牠給你。因為如果那樣，我就沒有什麼可騎了。」

「不對，親愛的朋友，你可以幫助我。」野狼說：「因為你還是可以騎在我背上，我會幫助你，滿足你最大的需要。」

「好吧，我敢確定，從你那裡得到的幫助不會很大。」王子說：「但你可以取走我的馬，誰叫你正好有需要呢。」所以當野狼吃下那匹馬以後，布斯就把轡頭裝在狼的下顎，又把馬鞍安在牠的背上。野狼在吃了食物以後，變得無比強壯，牠帶著王子就像一點重量也沒有。王子從來沒有騎過這麼快的座騎。

「我們再走得更遠一點以後，」野狼說：「我會告訴你巨人的房子在哪裡。」再過了一會兒後，他們到了。

「看哪，這就是巨人的房子，」野狼說：「看看你的六個兄弟，被巨人變成石頭了，這裡還有六個新娘。那邊就是門，你必須從那個門進去。」

「不，我不敢進去，」王子說：「他會要了我的命。」「不

會，不會！」野狼說：「你進去以後，會遇見一位公主，她會告訴你該怎麼做能解決巨人。只要注意照她所說的去做就行了。」

布斯非常害怕地進去了。當時正好巨人不在，但在一間房間裡，有一位公主坐在那裡，就像野狼說的那樣，這是一位布斯從來沒有見過的可愛公主。

「哦，老天！你什麼時候來的？」公主看見他時說：「你一定會完蛋，沒有人能殺死住在這裡的巨人，因為他的身體裡沒有心臟。」

「好吧！好吧！」布斯說：「但是現在我已經在這裡了，我也要試試我能怎麼做。我得看看是不是能釋放我的哥哥們，就是門口外站著的那些石頭。而妳，我也會設法救妳。」

「好吧，如果你一定要這麼做的話。」公主說：「那麼，讓我們看看是不是能定出一個計劃。那就躲到那邊的床下吧，注意聽他和我的對話。但是，務必要像隻老鼠那樣好好趴著。」於是，他就在巨人回來之前躲在床下趴著，只是在床下面待著可不怎麼舒服。

「哇！」巨人吼叫著，「在房子裡的什麼地方，似乎有股基督徒的血的氣味！」

「是呀，我也聞到了。」公主說：「因為有隻鵲鳥用嘴叼著

一根人骨，把它從煙囪裡扔了下來。我忙了老半天，什麼都做了才把它弄走。但是氣味可不會這麼快就消散。」

巨人就沒有再多說什麼了。當夜晚來臨，他們打算上床睡覺。過了一會兒，公主說：「有件事我想問你，如果可以的話。」「是什麼？」巨人問。

「就是你把你的心臟保存在哪裡，因為你並沒帶著它。」公主說。「啊，這可不是件妳應該問的事。不過，如果你一定要知道的話，它就藏在門檻下。」巨人說。

「喔！」布斯在床下對自己說，「那麼我們很快就會知道能不能找到它了。」

第二天一大早，巨人一起床，就邁開步伐走進森林裡。但是，他一出了門，布斯和公主就去尋找門檻下面是不是真的有巨人的心臟。只是不管他們怎麼挖、怎麼找，就是找不到它。

「這次他唬弄了我們，」公主說：「但是我們可以再試一次。」然後，她去摘了所能找到的最漂亮的花，把它們點綴在門檻上，和其他合適的位置。

巨人再次回家的時候，布斯又藏好在床下。撲鼻的氣味讓巨人的鼻子有點失靈。「真是奇怪，屋裡是不是有基督徒的血的氣味。」他說。

「我也聞到了。」公主說。「因為又有一隻鵲鳥用嘴叼著一根人骨，把它從煙囪裡扔了下來。我忙了老半天，什麼都做了才把它弄走。我敢說這就是你聞到的味道。」

　巨人聽了以後，就不再說什麼了。但稍後，他看到門檻被用花朵和花環裝飾起來，就問這是誰弄的？除了公主沒有別人。

　「老天，弄這些蠢玩意兒是什麼意思？」巨人問。「哦，因為我很喜歡你，所以當我知道你的心在那裡時，就忍不住那麼做了。」公主說。

　「妳怎麼這麼傻，會相信這樣的事？」巨人說。

　「哦，是呀，你這麼說，我怎麼能不相信？」公主說。

　「妳真是個笨蛋，」巨人說：「我的心妳是永遠找不到的。」「好吧，」公主說：「儘管如此，如果能知道它真正藏放的地方，我會很高興的。」

　然後，巨人就無法再隱瞞了，被迫說出：「在一個遙遠的湖裡有一座島。島上有一間教堂，在那間教堂裡有一口井，井裡游著一隻鴨子。那隻鴨子有一顆鴨蛋，那個鴨蛋裡面就有我的心。親愛的！」

　到了早上，在天色還灰濛濛的時候，巨人就邁步走進了森林。「是的，我現在也要出發了，」布斯說：「但願我知道找到

心臟的方法。」他與公主進行了一個很長的告別。當布斯從巨人的大門裡出來的時候，野狼就站在那裡等著他。

布斯告訴了他在房子裡發生的所有事情。他說現在想騎去找那座教堂的井，如果牠知道路的話。所以野狼叫他跳到牠的背上，牠很快就找到了路。他們跑著，風吹過了他們，吹過了樹籬和田野、山丘和低谷。

他們旅行了許多天之後，終於來到了湖邊。只是，布斯不知道該怎麼到達湖中的小島，但野狼要他別害怕，堅持下去。於是野狼讓布斯騎在背上跳進了湖裡，游到島上。

於是，他們來到了教堂。但是，教堂的鑰匙懸掛在高高尖塔的頂端。一開始，布斯也不知道該怎麼把它拿下來。

「你必須呼叫烏鴉。」狼說。所以，布斯呼叫了烏鴉，一瞬間烏鴉就來了；牠飛上去把鑰匙啣了下來，布斯就進了教堂。

當他進入教堂來到井旁，看見井裡頭躺著一隻鴨子，就像巨人所說的那樣，向前向後地游著。所以，布斯站在那裡哄牠，直到牠游向他，然後他就用手抓住了那隻鴨子。但是，就在他把鴨子從水中抱起來的同時，牠生了顆鴨蛋落進了井底，布斯卻不知道該怎麼把鴨蛋拿出來。

「好的，現在你也只能呼喚鮭魚了。」狼說。所以布斯呼喚

129

布斯王子在出發去尋找巨人的心臟以前，和公主依依不捨，因為他們倆都陷入了愛河裡。在巨人家的門前，他們手牽著手、相互告別，而野狼就在外面默默地等候著。

了鮭魚，牠瞬間就來了，而且從井底撈起了鴨蛋。

狼要布斯擠壓鴨蛋。布斯一擠壓鴨蛋，巨人就發出了尖叫。「再擠壓它。」野狼說。當布斯又這麼做之時，巨人尖叫得更加悽慘。巨人全心祈求和祈禱著寬恕，他說他會做所有王子所希望的事，只要他不把他的心臟壓成兩半。

「告訴他，如果他重新變回你六個已經變成石頭的兄弟和他們的新娘，你就會饒他一命。」狼說。好的，巨人同意了。於是就把六個兄弟的石頭變回了國王的兒子，也把他們新娘的石頭恢復成了國王的女兒。

「現在，把鴨蛋壓成兩半！」狼說。所以布斯就把鴨蛋壓成了兩半，而巨人立刻就爆炸了。

現在，布斯結果了巨人，他騎在野狼的背上回到了巨人的房子，那裡站著他所有六個活著而且快樂的哥哥，和他們的新娘。布斯又走到山坡上去找他自己的新娘。

然後，他們全都出發回到他們父親的家。當老國王看見他所有七個兒子都回來了，而且每個都帶著自己的新娘，是多麼地高興呀。「但是所有新娘裡最可愛的是布斯的新娘，」國王說：「畢竟布斯應該要坐在餐桌上最高貴的位置，就在她的身邊。」

所以，他出去要人準備了一場盛大的婚宴，歡樂的聲音既響

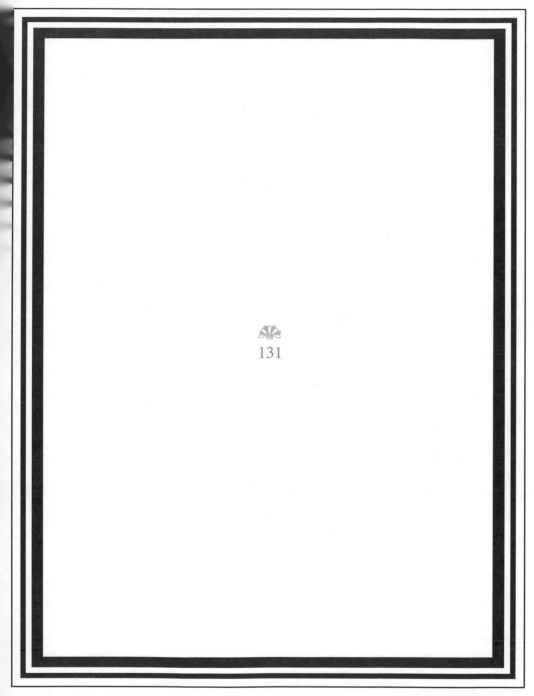

131

六位王子和六位公主都一起被巨人變成石頭了。布斯王子知道了以後，為了解救他們而詢問了同樣受困的公主。公主用計騙巨人告訴她自己的心臟藏在哪裡。原來是在一座島上的一座教堂裡頭的一口井裡，有一隻在井中游泳的鴨子，牠所下的一顆蛋，巨人的心臟就藏在那顆鴨蛋中。圖中是布斯王子在野狼的幫助下，終於來到了教堂。

亮又長久。如果筵席一直還在進行，那是因為他們仍然還在歡慶
著。

故事賞析

　　小王子出發前去尋找六個兄長。在途中對烏鴉、鮭魚和野狼
發了善心，牠們都許諾之後將會幫助他。這些動物表面上似乎力
量有限，而王子也沒有期待回報；但是到關鍵時刻，卻各自發揮
了重大的力量。尤其是野狼，似乎具有特殊能力，所以知道巨人
居住的地方，也知道有能幫助王子的公主在裡面，甚至知道如何
殺死巨人。野狼要求吃掉王子的馬時，這對王子來說，是個極大
的賭注，因為野狼可能無法代替馬為王子代步，或者野狼可能溜
走。若這樣，王子要找到哥哥們，甚至還要解救他們就將更加困
難了。

　　故事一開始說的是父子之愛，接著說的是兄弟之愛。只是故
事裡還特別提到六位兄長只顧著找到各自喜歡的公主作妻子，卻
忘記了為幼弟也物色一位妻子。在巨人的家裡，王子和公主合謀
套出巨人藏心臟的真實地點，這個情節倒有幾分類似《聖經》裡
參孫的故事，參孫中了敵人的美人計被問出自己弱點。把自己的
弱點和祕密交出去，一向是愛情和信任的重要表現，此時若是遭

到背叛，總是傷透人心的。但公主在故事裡只是被巨人抓來當成俘虜，那巨人就不值得被同情了。這裡的巨人應該就是山怪，因為在北歐民間傳說中山怪能將人變成石頭。

我們不妨試著想像一個最隱密的藏寶地點！故事裡巨人藏著心臟的所在，無疑是一個絕佳的範例。誰能想得到：某樣東西會被藏在某個地方的某座教堂裡的一口井裡的一隻鴨子，牠所下的鴨蛋裡呢？

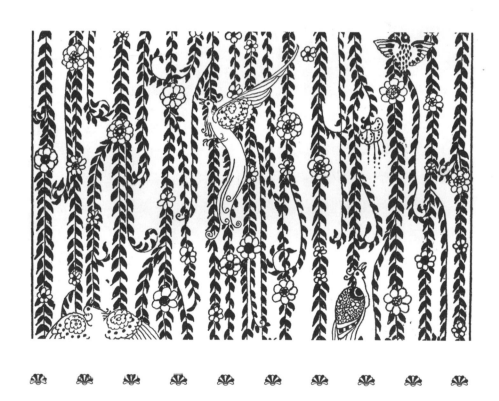

7.〈寡婦之子〉

很久以前，有一個貧窮的寡婦，她有一個獨生子。她撫養男孩，直到他十三歲接受了洗禮。然後她對他說：她無法再養他了，他必須出外去賺取自己的麵包。所以，少年出發到了外面的世界。

他走了一天左右，遇見了一個陌生人。「出門去嗎？」男人問。

「哦，是呀。我正要到外面去，試著找個地方待。」少年說。

「那你願意來幫我的忙嗎？」男人說。「哦，好呀；只要你和其他人一樣。」少年說。

「嗯，你跟著我會有個好地方待的。」男人說：「你只需要好好照顧我的生意，別的什麼都不用做。」

所以，少年就待在他那裡，住在一個有酒、有肉，又有牛奶的地方，只有一點點工作要做。但是，他卻從來不曾在那人的房子裡看見過其他人。

135

寡婦的兒子長大後，為了尋找生計而出外。他剛出發不久，就在路上遇見了一位陌生人。他問少年，
要去哪裡？少年回答說要找工作。於是，陌生人問他願不願意為他工作，少年很愉快地答應了。

有一天男人說：「從今天起，我得出門八天，你得一個人留在這裡；只是這四個房間你都不能進去。如果你這麼做，我回來之後，會要了你的命。」

　　「不會不會。」少年說，他一定不會這麼做。但是當那個人走了三、四天以後，少年就忍不住了。他進了第一個房間，四處張望，除了在門上有一個架子，上面有一根荊棘棒子，此外沒有什麼別的東西。

　　「原來如此！」少年想，「這就是不願讓我見到的漂亮東西。」

　　八天過去了以後，那個人回家了。他說的第一件事就是，「你沒有進過這些房間，對嗎？」

　　「沒有，沒有，我沒進去過，」少年說：「我很快就知道了。」那男子說，他立刻走進了少年偷進去過的那個房間。

　　「不對，你已經進來過這裡了。」他說：「現在你得交出你的命了。」

　　少年非常努力地懇求和祈禱，希望能留下他的命，但那個人還是給了他一頓痛揍。在這之後，他們兩個還是好朋友。

　　之後，又過了一段時間，那個男人又必須出門，說他這次要離開十四天。在他出門之前，他又禁止少年進入之前未曾進去過

的那些房間，至於他已經進去過的那間，他就可以進去了。於是同樣的故事又發生了，除了這次是第八天少年才忍不住，偷進了一個房間。在那個房間裡，他看見了門上的一個架子，上面有一塊石頭和一個水壺，除此以外什麼也沒有。「好吧，這裡沒什麼可怕的東西。」少年想。

男人回來後，問少年是否進過任何房間。沒有，少年說他沒有做過這種事。

「好吧，很快我就會知道了。」男人說，最後他還是看出少年進去過一間房間。他說：「啊，這次我可不能饒過你了，現在你得交出你的命了。」

少年再次非常努力地懇求和祈禱，希望能留下他的命。這一次那個人又給了他一頓痛揍，足夠讓他皮開肉綻了。但是，當他的身體恢復了之後，他又過著如同以往一樣的輕鬆生活，他和那個男人同樣還是好朋友。

又過了一段時間，男人又要再次出門旅行，這次他說需要離開三個星期。所以他再次禁止少年進入第三個房間。這次如果再犯，男人就會真的下定決心了結掉少年的生命。到了十四天左右時，少年再也忍不住了，他溜進了房間，除了看到地板上有一道暗門以外，什麼都沒有看到。但是當他拉起門往下看時，有一

口巨大的銅鍋，正在沸騰和冒著熱氣，只是他沒在銅鍋下看見火焰。

「好呀，我得知道它是不是熱的才行。」少年心想。於是就把手指放進湯裡，當他手指再次伸出來時，居然被鍍了一層金。少年設法又擦又洗，但怎麼也無法去掉鍍金，所以他就綁上了一塊碎布想遮住它。當男人回來以後，問少年的手指怎麼了。

少年回答說他不小心割傷了手指。只是當那個男人扯下了布，立刻就看出少年的手指發生了什麼事。一開始，他氣得想殺死這個少年，但是當少年又再哭泣和乞求之後，他只給了他一頓毒打，把他綁在床上三天三夜。後來，男人從牆上拿下了一口小鍋，從裡頭拿出了一些像藥膏般的東西揉搓少年，少年的手指就一如既往地恢復了。

之後，又過了一段時間，男人又需要外出了，只是這一次他必須離開整整一個月。在他走之前，他鄭重地對少年說，如果他進了第四個房間，那麼無論如何都不可能留下小命。

好的，少年在房間外徘徊了兩三個星期，但後來還是忍不住了，他必須進入那個房間，於是他偷偷地走了進去。房間裡有一匹巨大的黑馬獨自被拴在一個柵欄邊，牠的頭部附近有一個食槽，裡面裝的是燒得火紅的煤，而在牠的尾巴附近則放了一束乾

草。少年心想，這可放錯了，所以他調換了它們的位置，把乾草放到黑馬的頭前。

黑馬說：「因為你的心地非常好，想讓我有東西吃，所以我要讓你獲得自由。山怪回來後一旦找到你，一定會立刻殺掉你。所以，你必須到外面的房間裡，取下一件懸掛在那裡的盔甲。注意，無論如何，不可以拿光亮的那些，要拿生鏽得最厲害的那件。然後你還要以同樣的方式，為自己選一把劍和馬鞍。」

所以，少年就照做了。只是，把它們一次全拿下來是個沉重的負擔。當少年再進來時，黑馬告訴少年要脫掉他的衣服，到有煮沸的大鍋的另一個房間，在鍋裡頭給自己洗澡。「如果我這樣做，」少年想，「那看起來豈不是很蠢？」但是，他還是一一照著這些話做了。他洗了澡之後，變得非常英俊、全身也非常光滑，紅得像血、白得像牛奶，而且比以前更加強壯了。

「你有沒有什麼改變？」黑馬問。「有的。」少年說。「那麼，試著把我抬起來。」馬說。哦，是的！他做得到，也能把劍揮得像羽毛一樣輕。

「現在騎上我，」黑馬說：「穿上盔甲，然後拿著荊棘棒、石頭、水壺、藥膏的鍋子，我們需要盡快離開這裡。」

少年騎上了黑馬，他們以一種快到他也沒搞清楚的速度離開

了。但是他騎了一段時間之後，黑馬說：「我想我聽見聲音了，看一下！你看到什麼了嗎？」

「有許多人在後面追著我們，至少有二十個。」少年說。

「哎，哎，那是山怪來了，」黑馬說：「他帶了特殊的包袱在追蹤我們。」

他們又騎了一會兒，那些追趕的人逐漸接近了他們。

「把荊棘棒從你肩膀上方丟到身後，」黑馬說：「但注意要小心地把它拋到我後面。」

少年這麼做了。立刻，有一大片嚴密、厚實的荊棘木，在他們身後生長。之後，少年又騎了很長的時間，而山怪和他的手下們，不得不回家拿工具，從樹林中劈開一條路穿過。

過了一段時間，黑馬又說：「你快看看後面，你現在能看到什麼嗎？」

「好的，有很多人，」少年說：「像能坐滿一間大教堂那麼多的人。」

「喔，是的，那是山怪和他的手下，」黑馬說：「現在他有更多爪牙幫助他了。把石頭拋出去，但注意要小心地把它拋到我的後面。」

少年照黑馬所說的做，結果，在他身後矗立起了一座黑色的

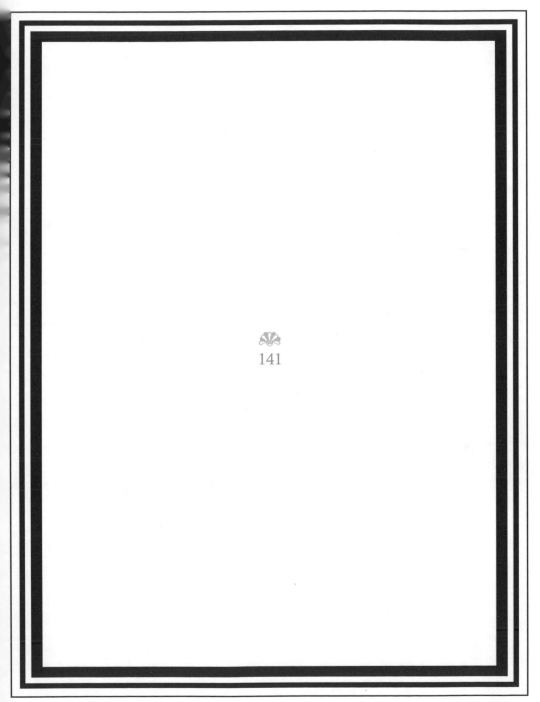

141

少年放走了山怪所囚禁的黑馬，然後騎上牠一起逃走。在路上，黑馬一直都要求少年朝後觀看留意後方。只是，山怪和突如其來的大軍還是追上來了。

大岩山。所以，山怪又必須回家去拿工具來挖開一條路以通過岩石，而山怪也辦到了。

這時少年騎得更遠了，但黑馬仍然要他回頭往身後看。這時，他看見了一整支軍隊在他的身後，他們在陽光下閃閃發亮。

「哎，哎，」黑馬說：「那是山怪，現在他們有一整支軍隊幫助他了。把水壺丟到你身後，但注意不要讓它濺到我的身上。」

少年這麼做了，儘管他盡了全力，但仍然濺出了一滴水到馬的側腹。

立刻，一座大湖就出現了。但就因為那一滴水，黑馬發現自己也身陷在湖裡了。不過，牠仍然載著少年安全地游上了岸。

當山怪們來到湖邊，他們趴下來想把湖水喝乾。不斷地狂飲，直到他們的肚子爆裂開來。

「我們擺脫他們了。」黑馬說。

他們又走了很長的一段時間，來到樹林中的一塊綠地。

「把你的手臂放開，」黑馬說：「穿上你襤褸的衣服，把馬鞍從我身上鬆開。放開我，把我身上的裝飾和你的武器懸掛在那邊中空的大酸橙樹裡。然後，戴上用杉樹苔蘚做的假髮，到附近的皇宮去，找個地方待著。無論什麼時候你需要我，就來到這

裡，搖晃馬轡頭，我就會來找你的。」所以，少年就按黑馬所說的做了。

少年戴上苔蘚的假髮後，變得那麼醜陋、蒼白，看起來很悲慘，所以沒有人能認出他。他去到國王的宮殿，請求能在廚房裡有個工作，幫廚師搬柴和挑水。廚房女傭問他：「你為什麼要戴這頂醜陋的假髮？脫下它，就不會嚇到我了。」

「不行，我不能這麼做，」少年說：「因為我的頭不太舒服。」

「你想你這樣子我能讓你在這裡工作嗎？」廚師喊道：「去馬車夫那裡，你最好去清理馬廄。」

但當馬車夫要求他摘下假髮時，又得到了同樣的回答；所以馬車夫也不能留下他。「你最好去園丁那裡，」馬車夫說：「去花園裡挖土。」所以他就到園丁那裡去了。

但是，其他僕人沒有人願意和他睡在一起，所以他不得不自己睡在別墅的樓梯下。就在橫樑下面，有一排長長的樓梯。在那裡他鋪了草皮當作床，盡可能地讓自己躺得舒適。

在皇宮裡待了一段時間之後。有一天早上，在太陽升起之後，少年脫下了假髮，起身清洗了自己。他是那麼英俊，能讓所有看見他的人都因此而覺得開心。

這時，公主正站在別墅房間的窗口，忽然看見了這位可愛的園丁男孩。她從來沒有見過這麼英俊的人，所以她去問園丁，為什麼他會在別墅的樓梯下睡覺。

「哦，」園丁說：「他的夥伴們都不願意和他睡在一起，這就是原因。」

「那麼，讓他晚上來，躺在我臥室的門口。這樣他們就不會再拒絕和他睡在一起了。」公主說。園丁轉告了那個少年。

「你想我能這麼做嗎？」少年說：「人們會對我和公主之間的事，說長道短的。」

「是呀，」園丁說：「是有理由這麼擔心的，因為你這麼英俊。」

「但好吧，」少年說：「但既然是公主的意思，我想我還是得去。」

晚上少年走上台階時，走路的聲響非常大，以致她們不得不要求他放輕腳步，以免國王過來查看發生了什麼事。

就這樣，他進了公主的臥室、躺下，而且立刻就發出了睡著的打呼聲。然後，公主對她的女僕說：「悄悄走過去，摘掉他的假髮。」女僕向少年走了過去。

但是當女僕正要把假髮從少年頭上摘掉的時候，他卻用雙手抓住了假髮，說她永遠不能拿走它。之後，他躺下，又開始打呼，然後，公主對她的女僕眨了眨眼睛。這一次，女僕迅速地摘掉了他的假髮。

在那裡躺著的少年是如此可愛，正是公主早晨在陽光下看見的樣子。之後，少年每天晚上就都在公主的臥室裡睡覺了。

不久之後，國王聽說了園丁男孩每晚都在公主的臥室裡睡覺的事，大為震怒，幾乎要把少年殺了。但是國王還是沒有這樣做，而是把他扔進了監獄塔。而他的女兒，國王則把她關在自己的房間裡，從此以後，她就分不出白天和黑夜了。她為少年和自己所乞求和祈禱的所有事，都被拒絕了，國王反而比先前更加生氣。

146

公主偶然看見了少年脫下假髮的樣子，竟是一位無比英俊的年輕人。公主問園丁為何少年獨自睡在別墅的樓梯下，園丁回答沒有人願意跟他一起睡。於是，公主命令少年晚上到她的臥室去睡覺。圖中是公主要女僕趁年輕人沉睡之時，拿掉那頂難看的假髮。

過了一段時間之後，這個國家發生了一場戰爭和動亂。國王不得不對另一個國王動武，企圖從他那裡奪取國土。少年聽說之後，就懇求典獄長代替他去求見國王，請國王賜給他一件盔甲和一把劍，並准許他加入戰爭。

當典獄長向國王轉達了此事並提出一件舊盔甲的請求，所有人都笑了。他們覺得如果能在戰爭中看見這個景象，會很有趣。所以少年得到了一件舊盔甲，和一匹瘸了的老馬，只有三條正常的腿，第四條腿則是拖著的。

士兵們出發迎戰敵人，但在離宮殿不遠的地方，少年和老馬就陷進了一片沼澤裡。少年用馬刺戳著老馬的身體，大喊「起來！起來！」士兵們看到都覺得有趣，大笑了出來，在騎馬越過少年時還作弄了他。只是在士兵們經過之後，少年就跑到酸橙樹那裡急忙穿上盔甲；並且搖晃馬轡頭，黑馬立刻就出現了，說：「現在盡你的全力吧，我也將盡我的。」

當少年到達戰場之時，戰鬥已經開始了，國王正身陷一個極大的困境中，但是，在少年衝進了敵陣後，立刻就擊退了敵人，把他們打飛了。國王和隨從們想知道是誰來幫助他們，卻沒有人靠近得了他，和他說話。在戰鬥結束了之後，少年就離開了。

士兵們在回去的路上，看到少年仍然坐在沼澤裡，用他的

148

戰事爆發以後，少年自願從軍。但每次都等到所有人出陣後，他才召喚黑馬前往，然後在每次的戰鬥中都為國王挽回頹勢。少年身穿盔甲、手執大斧，衝向敵軍，但無人能認出這位勇士究竟是誰。

馬刺戳著那匹三腿的老馬，他們又笑了出來。「不會吧，看看這個，」他們說：「那個傻瓜還待在這裡。」

第二天，士兵們又出去戰鬥時，他們看見少年還坐在那裡，所以他們又笑了。他們騎馬經過時，又作弄了少年。接著，少年又跑到酸橙樹那裡，做了和前一天相同的事。每個人都想知道是什麼奇怪的勇士幫助了他們，卻沒有人靠近得了他，能對他說話。沒有人猜到他就是那個少年，但這並不難理解。

士兵們晚上回城堡的路上，仍然看見少年還在沼澤裡坐在老馬的背上，他們對他又再次爆出了笑聲。士兵們中的一個，忍不住向少年射了一箭，那枝箭射在他的腿上。所以少年開始尖叫和哭泣，那聲音足以令所有的人心碎。所以，國王就把他口袋裡的手帕扔給少年，讓他包紮傷口。

第三天當他們出去戰鬥時，少年還是坐在那裡。

「快起來，快起來！」少年對他的老馬說。「不好，不好，」國王的人說：「如果他一直陷在那裡，他會餓死的。」

之後當士兵們經過少年時，又繼續嘲笑他，簡直笑到要從馬上摔落下來。在士兵們看不見他之後，他又再次跑到酸橙樹那裡，並在戰鬥最慘烈的時刻回到了戰場。這一天，他殺了敵人的國王，因此，戰爭結束了。

戰爭結束了以後，國王看見他的手帕正綁在那個奇怪戰士的腿上，很快就認出了他的真實身分。於是，士兵們簇擁著他，在爆炸般的歡呼聲中回到了皇宮。公主從房間的窗口看見了這個景象，非常高興；因為這是個令人難以置信的景象。「我的真愛來了。」她說。

之後，他拿出裝了藥膏的鍋在自己的腿上塗藥，然後又為所有受傷的士兵塗藥，他們馬上就都恢復了。

現在，他可以娶公主為妻了。但是舉行婚禮那天，他去了馬廄，他的黑馬沉默和凝重地站在那裡。牠垂下了耳朵，不吃牠的玉米。當這位年輕的國王——

因為他現在已經是一個國王，擁有一半的王國了，問了黑馬是什麼讓牠苦惱。牠說：「我已經幫了你的忙，我的命已經沒有價值了，所以拿起劍，砍掉我的頭吧。」

「不，我做不出這種事。」年輕的國王說：「你可以得到你想要的，安度一生。」

「喔，」馬說：「可是如果你不照我說的做，你不會知道哪天我是不是也會取走你的命。」

所以，國王只好照牠所說的做。但是當他揮起劍，砍下黑馬的頭時，他很歉疚地別過了臉，不願看之後發生的事。只是，當他斬斷了馬頭之後，在黑馬站立的地方，卻站著一位英俊的王子。

「怎麼回事？你到底是從哪個世界來的？」國王問。

「我就是那匹馬。」王子說：「原來的我，則是昨天被你殺死的那個國王的前一任。就是他施咒讓我變成妖魔的形狀，還把我賣給了山怪。但現在他被殺了，所以我再次變成了原來的自己。你和我將相鄰為王，我們之間將永遠不會開戰。」

他們之間確實沒有再發生戰爭。因為他們活著的時候是好朋友，而且還有過許多次互訪。

故事賞析

　　在這個精彩的故事裡，寡婦的兒子因為好奇心而偷偷進入了陌生人的神祕房間。這個陌生人，據黑馬說其實是個魔力強大的山怪。如果少年沒有因為好奇心發現了山怪的祕密法寶，也沒有背著他偷走那些法寶騎著黑馬逃跑，也許他還會一直都是山怪的夥計。

　　山怪不但擁有法寶，還有本領能召喚許多人來幫忙，就連戰場上的神兵利器黑馬自己原來也是被山怪俘擄來的。黑馬載著少年逃離山怪的過程非常精彩，就像是各顯神通的大鬥法。透過幾樣法寶，荊棘林、高山和大湖在轉瞬間就被搬了出來，且大湖這種武器差點連黑馬自己也招架不住。

　　少年到王宮之後找到了園丁的工作，他一直戴著那頂難看的假髮，不知道是為了躲避山怪，還是為了某種安全感而隱藏自己，這使得他在工作的人際互動中，遭到歧視。另一方面，故事中的公主性格則相當立體。她向老園丁打聽少年的身分和為何住在別墅的樓梯下，又想出了好理由讓少年到自己的臥室來睡覺。她和女僕擔心少年夜晚到臥室的腳步聲太大，還有合謀摘掉他頭上的假髮，顯示她大膽又活潑的個性。

在身分有巨大差距的情況下，無論少年再英俊、公主再喜歡他，少年也沒有娶公主的資格。少年與公主的關係被發現了以後，公主被圈禁在王宮裡，少年則被關到監獄裡。幸虧兩國之間爆發戰事才給了少年證明自己的機會，為王國立下大功，贏得國王的認同和國人的敬重。

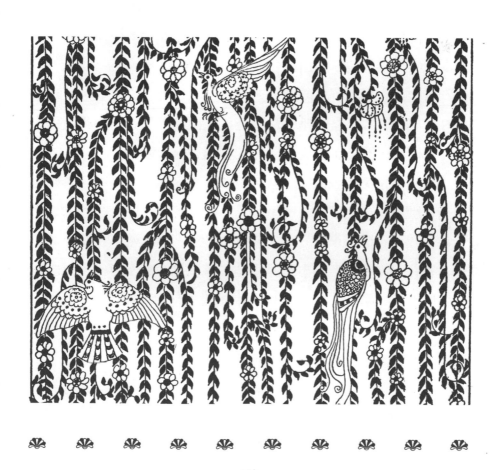

8.〈藍山的三個公主〉

　　很久以前，有一位國王和王后，他們沒有孩子，儘管費了許多心力，卻還是無法獲得擁有孩子的喜悅。有一天，國王站在門廊下，向外望著大草原。這些土地全部都是他的，但他卻無法因此而快樂，因為他不知道他死後這裡會變成什麼樣子。

　　當他站在那裡沉思的時候，有一個老乞丐婆來見他，要求他看在老天的緣故，賞賜她一點東西。在向國王打過招呼和行禮之後，她問國王為何而苦惱，因為他看起來很悲傷。

　　「這妳幫不上我的忙，我的好女士。」國王說：「告訴妳也沒有什麼用。」

　　「我可不敢那麼肯定。」老乞婆說。「當運氣正在路上的時候，往往只需要做一點事就能成功。國王是在想沒有人可以繼承王位吧，但不需要為此而悲傷。」她說：「王后會有三個女兒，但必須非常小心，在她們十五歲之前，務必不要讓她們在大白天出門，否則大風雪會降臨，把她們帶走。」

　　過了一段時間，王后生了一個漂亮的女嬰。一年後，她有了

另一個女嬰。到了第三年，她又有了第三個女嬰。國王和王后非常非常興奮。但儘管非常高興，國王卻沒有忘記老乞婆的囑咐，在皇宮的大門安排了守衛，讓公主們不能出去。

她們長大以後，變成善良而美麗的女孩，在各方面都很完美。唯一令她們悲傷的是，不能像其他孩子那樣出門去玩。她們向父母和守衛乞求和祈禱，卻都是徒勞。因為在她們十五歲以前，是不能出門的。

有一天，就在最小的公主快到十五歲生日的前幾天，國王和王后都乘著馬車出門，公主們站在窗前向外觀看。太陽正照耀著，一切都看起來是如此地翠綠和絢麗，她們覺得一定得出門，這種天氣能發生什麼事呢？所以她們三個人既乞求，又催促守衛，讓她們到花園裡去。「你看天氣是多麼溫暖和美好，不會有風雪在這種日子到來的。」嗯，他確實不認為像是會發生這種事的樣子，「如果她們一定要去，最好還是讓她們去。」士兵說。不過只能是一分鐘，他自己也會和她們一起去以便照顧她們。

公主們進到花園裡以後，她們開始跑前跑後，用鮮花和綠葉，所有她們能找到的最美的植物來裝飾自己的裙襬。最後，就在她們必須回到室內去的時候，瞥見了花園的另一端有一朵大玫瑰。那可是比她們所收集到的所有花要漂亮許多倍，所以她們非

156

公主們就在小公主快滿十五歲的前幾天，因為嚮往外頭美麗的世界，於是在父王和母后外出時，央求守衛放她們在院子裡玩一會兒。結果，就在她們想要採摘一朵在草地上的玫瑰花時，隨風吹來的一個大雪堆，把公主們都捲走了。

摘不可。但是，當她們走過去，彎下腰來採摘玫瑰時，一團大雪堆飛了過來，捲走了她們。

全國各地的人都深為此哀悼，國王要所有教堂公告：若有任何人能拯救公主們，可以擁有一半的王國和他的金冠，還可以選擇娶一位自己最喜歡的公主。

不難想像，很多人都想獲得一半的王國，和娶到一位公主。所以，有各種不同高低身分的人出發去尋找，找遍了國家的每個角落，但沒有人能找到公主們，甚至也無法得到一點點關於她們的消息。

當輪到這個國家的權貴和富裕人士表現英勇的時候，一名隊長和一名中尉軍官來到皇宮，想試試他們的運氣。國王提供給他們大量的銀子和金子，並預祝他們在旅程中獲得成功。

之後又來了一名士兵，他和母親住在離皇宮有一段路的小屋。某個晚上他夢見自己也在尋找公主。早晨來臨時，他仍然記得他所作的夢，就告訴了他的母親。

「一定是某種巫術抓住了你，」母親說：「但你一定要連續三個晚上都夢見同樣的夢，否則就不算什麼。」接下來兩個晚上，又發生了同樣的事。他又作了相同的夢，覺得自己必須出發。所以他洗了澡，穿上軍服，來到皇宮的廚房。這是在隊長和

軍官出發後的第二天。

「你最好回家去吧，」國王說：「我得說你是找不到公主的。因為我已經花了這麼多的錢在各種裝備上，今天已經什麼都不剩了，你最好還是改天再過來吧。」

「如果我要去，必須是今天。」士兵說：「錢我並不需要，我需要的只是給我的瓶子裡裝滿水，給我的背包裡裝一些食物。」他繼續說：「但我的背包必須裝得滿一點，給我裝愈多肉和培根愈好。」好的，如果這就是他想要的全部，那可以辦得到。

於是他就出發了。他走沒多少哩，就趕上了隊長和軍官。

當隊長看到穿著士兵服的男人時，他問：「你要去哪裡？」

「我想試試能不能找到公主。」士兵回答說。

「所以我們是一樣的。」隊長說：「既然你的任務和我們一樣，我們可以同行結伴；因為如果我們找不到，你也不可能找到的，小夥子。」他說。

他們走了一段時間之後，士兵離開了大路，走進了森林。

「你打算上哪裡去呀？」隊長說：「最好沿著大路走。」

「也許是，」士兵說：「但這是我的方式。」他繼續往小路走，其他人看見了以後，也轉過身去跟著他。他們走得更遠了，

在巨大的沼澤和狹窄的山谷裡穿行。

　　最後，當他們共同脫離了森林時，天色轉為明亮。前面有一座長橋，他們必須越過那座長橋。但橋上，站著一隻熊在那裡看守。牠立起了後腿，走向他們，彷彿要吃掉他們。

　　「我們現在該怎麼辦呢？」隊長說。

　　「傳聞說，熊喜歡肉。」士兵說著，然後向熊拋過去一塊胸肉，他們就安全地通過了。

　　但才走到橋的另一端，卻又看見了一隻獅子，張開大嘴向他們咆哮，好像想吞下他們。

　　「我想我們最好還是掉頭吧，我們永遠不可能活著通過牠的。」隊長說。

　　「哦，我不認為牠有那麼危險，」士兵說：「我聽說獅子喜歡培根，我的背包裡正好有半頭豬。」然後他向獅子拋出了一個火腿，獅子開始大啃大嚼，他們又順利地通過了牠。

　　夜晚時，他們來到一棟富麗堂皇的大房子前。裡頭每個房間都比另一個更加豪華，而且目光所及之處都發出燦爛的光亮，但這並不能填補他們的飢餓。隊長和軍官急忙掏出錢，想買一些食物。但他們沒看到人，也沒能在房子裡找到任何食物碎屑。所以，士兵從背包裡拿出一些食物分給大家，他們不好意思地接受

了。大家都吃著士兵準備的食物，看起來就像是從來沒有吃過食物的樣子。

第二天，隊長說他們必須出去打獵，想捕些東西來當食物。這房子的附近有座大森林，裡面有許多野兔和飛鳥。軍官留在房子裡，烹煮士兵背包裡剩下的食物。這段時間，隊長和士兵費了許多力氣，但卻幾乎捕不到什麼可帶回去的東西。而且他們回到房子的大門口時，又出現了另一個問題，軍官正陷入了某種困境，所以幾乎無法為他們開門。

「你怎麼了？」隊長說。軍官告訴他們，在他們走了之後不久，來了一個個子小小的老人，鬍子長長的。他拄著拐杖進來，苦苦想乞討一分錢。但是，他要到錢以後，卻讓錢滾落到地板上，即使用拐杖又耙又鏟，還是無法把錢拿回來，因為老人的身體硬邦邦的。

「我可憐這又窮又老的人呀，」軍官說：「所以我就彎下腰去幫忙撿這一分錢，但這時他卻不僵硬了，開始用他的拐杖攻擊我，把我打得遍體鱗傷、四肢想動都動不了了。」

「你真該為自己羞愧！你可是國王的軍官，卻讓個老跛子給你一頓好打，而且還敢告訴別人！」隊長說。「得了！明天換我待在這裡，你會聽到另一種故事。」

第二天，軍官和士兵出去打獵，隊長留在那裡照看房子和煮飯。但即使他沒有過得更糟，也一定不會比軍官更好。大家出門後一會兒，老人又來了，要乞討一分錢。他得到錢之後，又讓錢滾落到地板上。老人要求隊長幫忙他找滾落的錢幣，隊長沒有多想，便彎下腰去開始找錢。但當隊長一彎下膝蓋，老癩子立刻就用他的拐杖攻擊他。每回隊長試圖起身，都會被重重敲一棍，打得他暈頭轉向的。

其他人晚上回到家時，隊長依然躺在那裡，眼睛看不見、也說不出話來。

第三天，換士兵留在家裡，另外兩個人出去打獵。隊長要他務必要照顧好自己，「老傢伙很快就能收拾掉你的，我的小夥子。」他說。

「喔，連老癩子都摺得倒的人，沒什麼本領可言。」士兵說。

他們出門後不久，老人果然再來乞討一分錢了。「我身上從來就沒有錢。」士兵說。「但是，準備好食物後，我可以分給你一些。」接著又說：「只不過為了煮熟食物，你得去砍柴。」

「那我可沒辦法。」老人說。「如果你不會，就必須學，」士兵說：「我可以做給你看。跟我一起到堆柴的棚子裡去吧。」

到了那裡，士兵取出了一根厚重的木頭，在上面劈了一道縫，然後讓楔子沿著切口向下，加深裂縫。

「你必須躺下，仔細盯著這道裂縫，這樣很快就能學會怎麼劈柴了。」士兵說：「同時，我也會教你怎麼使用斧子。」

老人不夠狡猾。聽了這話，就躺了下來仔細地盯著木頭。士兵一看到老人的鬍鬚塞進了裂縫，就敲出楔子讓裂縫閉合，老人的鬍鬚就被大木頭夾住了。接著，士兵就用斧頭的柄擊打他，然後又把斧頭劈向他頭的四周，發誓說如果老人不說出公主們在哪裡，他就會劈開他的頭骨。

「放我一條生路！放我一條生路！我告訴你！」老人說。

「在房子東邊有一個大土墩。挖開土墩頂部的草皮，你就會看到一塊方形的大石板。石板下有一個深深的洞，你必須下到裡面，進入另一個世界，公主們就在那裡。但是那條路又長又暗，又要通過火和水。」

士兵知道這些之後，就釋放了那個老人，而且老人也立刻就溜得無影無蹤了。

隊長和軍官回家時，驚訝地發現這名士兵平安無事。而士兵從頭到尾告訴了他們發生的事，還有公主在哪裡，他們應該怎麼找到她們。他們非常高興，就好像他們已經找到公主們了一樣。

他們吃了一些食物，裝滿了一個籃子，帶著所有能找到的繩索，就出發往土墩去了。到了那裡，正像老人所說的，他們挖開草皮，並且很快就在草皮下面發現了一塊方形大石板。他們用盡力氣，把它翻了開來。然後，他們開始測量底下的洞有多深。繩子的尾端接上了第二條、第三條繩子，但是仍然沒能接近洞底。最後，他們只好把所有的繩索，粗的、細的全都接在一起，終於發現它可以到達洞穴的底部了。

隊長當然是第一個想下去的人。「但是只要我一用力拉繩子，你們就要趕緊把我拉上來。」他說。洞穴黑暗又令人不舒服，只是隊長覺得，只要情況不更壞，他就可以繼續向底部探索。但忽然，冰冷的水噴湧到他的耳朵邊，一股對死亡的恐懼緊緊抓住他，隊長立刻就開始拉扯繩子，要他們把自己拉回地面。

下一個嘗試的人是軍官，但也沒有表現得更好。他通過大水之後，又看到一團猛烈的大火在他下面張牙舞爪，這嚇壞了他，所以他也回頭了。

現在換士兵進入洞穴裡了，他經過了水和火，最後終於到達了底部。但那裡是如此黑暗，他甚至看不見眼前的手指。他不敢放開繩索，只能繞著圓圈，用感覺摸索。最後，他發現了一束光，就像遙遠的曙光，於是他朝向那裡走了過去。

在一段路之後，士兵周圍的光線漸漸亮了起來，不久就看見一輪金色的太陽在天空中冉冉升起，他周圍的一切變得明亮和美妙，就像是置身於奇幻世界裡一樣。

最先，他看到了牛，非常肥胖、皮毛閃閃發亮。經過這些牛隻之後，他來到一座巨大無比的宮殿，但經過了許多房間卻沒有看到任何人。最後，他聽見輪軸旋轉發出的嗡嗡聲，他進到房間裡，發現了一位公主正坐在那裡紡著銅紗，整個房間和當中所有的東西，都是打磨過的黃銅。

「喔，親愛的、親愛的！基督徒來這裡做什麼？」公主說。「老天保佑你！你想要做什麼？」

「我是來拯救妳們，讓妳們離開這裡的。」士兵說。

「千萬別留在這裡。如果山怪回家，他會立即殺掉你的，他可是有三顆頭顱的。」她說。

「我不在乎他有三顆還是四顆頭。」士兵說：「我來了，我會留在這裡。」

「好吧，如果你這麼固執，我只能看看是否能幫助你。」公主說。

她告訴他要溜到放在前廳的那個大釀造桶後面。之後她會接待山怪，搔搔他的頭直到他睡著。

「在我出去叫母雞回家的時候，你要趕緊進來。」她說。「但你必須先試試，是不是有辦法揮動放在桌上的那把劍。」不行，它太重了，他連移動它都不能。

於是，他吃掉了掛在門後牛

角裡的一種強力藥丸，這讓士兵能夠挪動那把劍了。所以他又吃掉了另一顆藥丸，這下他能夠舉起劍了。最後，他又吃了一顆藥丸，結果他就能像揮動木棍那樣，揮動那把劍了。

山怪回家了。他的腳步聲非常重，連宮殿都為之震動。「呃、呃，我聞到了基督徒血和肉的味道。」他說。

「是呀，」公主回答說：「有一隻烏鴉剛剛飛過這裡，牠的嘴裡叼著一塊人骨，把骨頭從煙囪裡扔了下來。我把它弄了出

去，還清掃整理過了，但我想那味道仍然還聞得到。」「原來如此。」山怪說。

「不過還是躺下來吧，讓我搔搔你的頭，」公主說：「氣味會在你醒來的時候散掉的。」山怪非常樂意，不久之後，他就睡著、開始打鼾了。

公主看到山怪睡著了以後，就拿了一些凳子和臥墊放在他的頭下，然後出去呼叫母雞回家。這時，士兵帶著劍偷溜進了房間，一揮就把山怪的三顆頭都砍斷了。

公主高興極了，她和士兵一起去尋找她的妹妹們，讓士兵也可以解救她們。

首先，他們穿過了一座庭院，然後又通過了許多寬敞的房間，直到來到了一道巨大的門前。「你必須從這裡進去，她就在這裡。」公主說。

士兵打開了大門，發現自己站在一個大廳裡，這裡所有一切都是純銀的，而第二個公主正坐在一輛銀紡車前。

「喔，親愛的，喔，親愛的！」她說。「你來這裡做什麼？」

「我想把妳從山怪手中救出來。」士兵說。

「拜託不要留在這兒，趕快走。」公主說：「如果他在這裡

167

隊長、軍官和士兵三人出發去尋找公主。在各種歷險之後，士兵在一座宮殿裡發現了公主。公主叫他趕緊躲起來，因為有三顆頭顱的山怪就要回來了。公主讓山怪躺下來，然後幫他搔搔頭，山怪就這樣舒服地睡著了。

發現你，會立刻取走你的性命的。」

「那可太糟了，但我不會比他更早送命的。」士兵說。

「好吧，既然你一定要留下來，」她說：「你就溜到前廳裡那個大釀造桶後面吧。等聽見我呼叫母雞時，再趕快進來。」

只是，他必須先試試是否能夠揮得動山怪的劍，它就放在桌子上，比第一把更巨大、更沉重，士兵幾乎移動不了它。於是，他又吃了門後牛角裡的三顆藥丸，這樣他就可以舉起劍了。之後他又多吃了三顆，這讓他可以像揮擀麵棍一樣輕易操控那把劍。

一陣子之後，他聽到了一陣可怕的沉重隆隆聲，進來了一個有六顆頭顱的山怪。

「呃、呃，」有六顆頭的山怪一進來就立刻說，「我聞到基督徒的血和骨的味道！」

「是嗎？我想想！應該是有隻烏鴉叼著一根人的大腿骨飛過了這裡，牠把骨頭從煙囪裡丟了下來，」公主說：「我把它弄了出去，但是烏鴉又把它叼回來了。最後，我擺脫了它，然後急忙清理了房間，但我想這股氣味還沒有全散掉。」

「不會，我覺得味道還好。」山怪說。但是他覺得累了，把他的頭枕在公主的腿上，讓公主輪流搔搔它們，直到它們都打起鼾來。接著，公主就出去呼叫母雞回家。士兵一進來就砍斷了山

怪全部的六顆頭，就好像它們是白菜梗似的。

第二個公主和她的姊姊一樣高興，又跳舞又唱歌地歡慶。但她們在喜悅中還是想起了最小的妹妹。她們和士兵一起穿過一所大院子，又走過了許多許多的房間後，來到了第三個姊妹所在的金殿。

第三個公主正坐在一輛黃金紡車前紡著金紗，房間從天花板到地板都爍爍放光，簡直快亮瞎了人的眼睛。

「老天保佑你和我，你來這裡做什麼？」公主說：「快走，快走，否則山怪會殺死我們兩個的。」

「殺死我們兩個倒不如殺死他一個。」士兵回答。公主哭了又哭，但是一切都沒有用，士兵還是堅持要殺死山怪。但除非他能夠揮動山怪放在前廳桌子上的那把劍，否則一切都無濟於事，所以他只好試試，但它卻比前兩把劍更巨大、更沉重。

士兵不得不從牆上把牛角取下，吃下裡面的三顆藥丸，但卻只能夠挪動那把劍。但當他再吃下另外三顆藥丸時，就已經可以提起它了。最後他再吃下三顆藥丸時，就能揮動那把劍，像是揮動羽毛那樣輕鬆了。

這位公主對士兵安排的計劃，就和她姊姊們的一樣。等山怪睡著了以後，她會呼叫母雞回家，士兵就必須趕快進來，解決山

怪。

　　忽然，他們聽到了雷聲般的隆隆聲，好像整個牆壁和屋頂都在震動一樣。

　　「呃、呃，我在家裡聞到了基督徒血和骨的味道！」山怪一面說，一面用他的九個鼻子用力嗅著。

　　「是呀，從來沒見過這種事！就在剛剛，有一隻烏鴉飛過這裡，把一根人的骨頭丟進煙囪裡了。我把它扔了出去，但烏鴉又把它叼了回來，這可持續了好一陣子。」公主說。公主說她最後埋葬了那根骨頭，並且打掃清理了房間，但現在還是會殘留一些氣味。

　　「是呀，我能聞得出來。」山怪說。「來這裡，躺在我的腿上，讓我來搔搔你的頭。」公主說：「你醒來時，氣味就會都消散的。」山怪這麼做了。

　　當山怪發出鼾聲睡得香甜時，公主把凳子和靠墊放進他的頭下，讓她可以離開片刻去呼叫母雞回家。緊跟著，士兵就悄悄潛了進來，砍向了山怪。八顆頭被應聲砍斷，只不過劍太短了，砍得不夠遠，所以第九顆頭醒了過來，開始咆哮。

　　「啊！啊！我聞到了基督徒的氣味。」

　　「是的，他就在這裡。」士兵回答，就在山怪站起身來抓住

他以前，士兵又揮出了一劍，最後一顆頭應聲落下，沿著地板滾了出去。

不難想像，公主們現在有多麼高興，她們再也不必坐在那裡搔弄山怪的頭了。只是她們也不知道該如何才能報答那拯救她們的人。最年幼的那位公主摘下了她的金戒指，把它編織在他的頭髮上。然後，他們帶了盡可能多的金和銀，朝著回家的路上出發。

他們拉扯繩子，隊長和軍官就拉起了公主們，一個接一個。

但是，就在公主們全被拉了上去之後，士兵發現他可能犯了個愚蠢的錯誤：自己應該要比公主們更早被拉上去，因為他不是太相信他的夥伴們。

所以，他想還是該先試探試探他們，士兵先把一大堆金子裝在籃子裡，讓隊長們往上拉。當籃子拉到一半時，他們果然切斷了繩子，讓金塊連同籃子墜了下來，在底部摔裂四散，金塊甚至飛過士兵的耳朵旁。

　　「現在我們擺脫他了。」他們說，並且威脅要公主們的命，如果她們說出是誰把她們從山怪手裡救了出來的話。儘管大大地違反了她們的意願，特別是最年幼的那位公主，但她們還是被迫接受了。因為生命是寶貴的，所以，較堅強的兩個公主有她們自己的方式。

　　隊長和軍官帶著公主們回家後，宮殿內外舉行了盛大的歡慶活動。國王簡直高興地手舞足蹈，又從櫃子裡拿出最好的葡萄酒來歡迎兩位英雄。他們被授與了王國內至高無上的榮耀，一整天都趾高氣揚地走來走去，就好像他們是遊行的公雞，因為他們現在快要有個國王當岳父了。而他們兩人也將各自娶到他們所喜歡的公主及一半的王國。

　　儘管他們都想娶最小的那位公主，又是祈禱又是威脅，但這沒有用，她才不理會他們。

　　結果他們就要求國王，將她軟禁在山上，派了十二個人看守著她。因為她是如此憂鬱和悲傷，他們害怕她可能會做一些傷

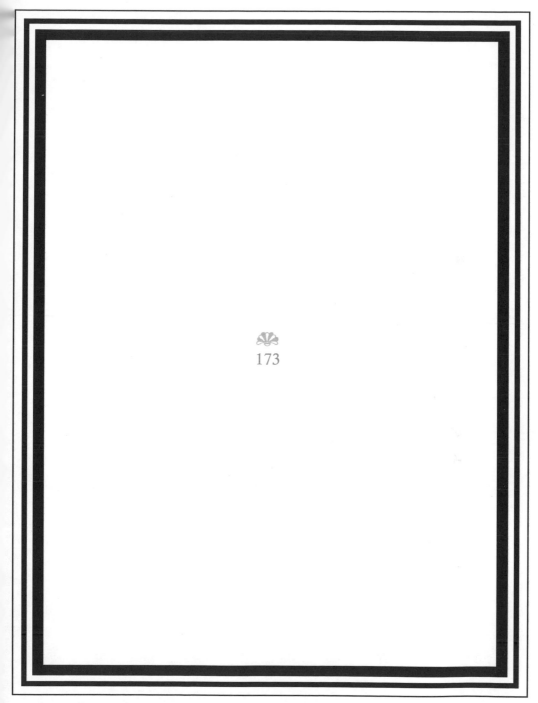

173

士兵將山怪們殺死之後，公主們都獲救了。在洞口上面的隊長和軍官將公主一位接著一位拉了上去。但排在最後面的公主，也是最年幼的公主，不斷看著後面，因為士兵還沒有上來。士兵排在最後上來，隊長和軍官不僅置士兵不顧，甚至還想摔死他，事後還威脅公主們必須隱瞞此事。

害自己的事。好的，他們的要求被同意了，國王親自告訴守衛，他們必須妥善地照看她，不管她在哪裡或去哪裡，都要貼身保護她。

然後，他們就開始為兩個年長的公主的婚禮進行準備。那是一場前所未有、盛況空前的婚禮，各種美酒佳餚被不斷地供應。

在這段時間裡，士兵在另一個世界裡四處漫步。他覺得萬分艱難，因為看不到任何人，甚至連日光都難得一見。但他還是必須做一些事，所以在這許多天中，他從一個房間走到另一個房間，打開所有的抽屜和櫥櫃，又搜尋了所有木架，想看看在那裡有什麼好東西。

最後，他看見了一張桌子，在它的抽屜裡找到了一把金鑰匙。他試著找出這把鑰匙能打開的鎖，但卻一直沒有找到，直到他注意到有張床上有個小櫃子，用金鑰匙打開後，發現裡面有一支生鏽的舊哨子。

「我想知道它能不能發出聲音。」他想，於是就把它放進嘴裡。他一吹哨子，立刻就聽到從各個角落傳來了颼颼聲和呼呼聲，接著有一大群鳥飛了下來，遮蔽了每一個角落。

「我們的主人今天想做什麼？」牠們問。

如果自己是牠們的主人，士兵想知道牠們是不是能告訴他如

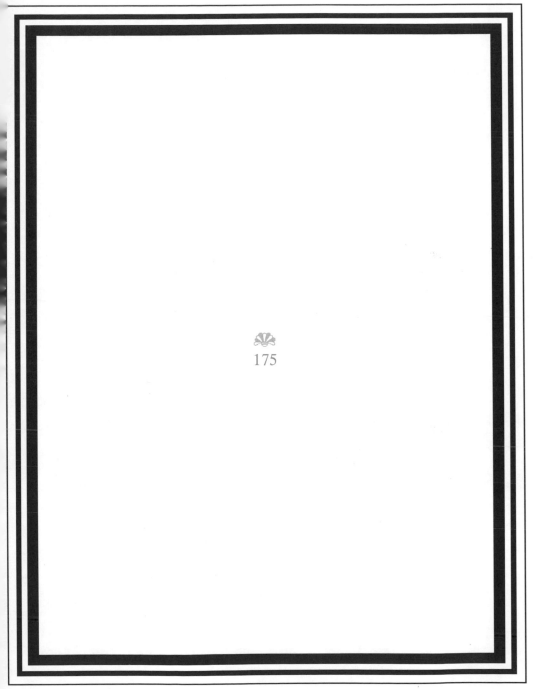

175

留在洞穴底下的士兵活了下來，他在找尋如何回到地面上的路時發現了一支哨子。當他一吹哨子，立刻就聽到從各個角落傳來了颼颼聲和呼呼聲，接著有一大群鳥飛了下來，牠們遮蔽了每一個角落。

何再回到地面上。不知道，沒有鳥知道這一點。

「但我們的母親還沒有到，」牠們說：「如果連她也不能幫助你，那就沒有誰能了。」

所以，他又再一次吹了哨子，很快就聽見有什麼正拍打著翅膀，自遠而近。颳起的強風簡直要把他從房子間帶走，就如同一束庭院裡的乾草，如果他沒有抓住籬笆，毫無疑問地會被吹走。

一隻超過任何人想像的龐大的巨鷹，在他面前拍動著雙翅緩緩地落下。

「你飛來的動靜可真不小呀。」士兵說。「你一吹哨子，我就來了。」巨鷹回答。於是，他問牠是不是知道什麼方法，可以讓他離開現在的這個世界。

「你是無法離開這裡的，除非你也能夠飛翔。」巨鷹說：「但如果你能為我宰殺十二頭牛，讓我可以好好吃一頓飯，我會盡力幫助你。你有刀嗎？」

「沒有，但我有一把劍。」他說。在巨鷹吞下了十二頭牛之後，牠要求士兵另外再殺一隻，準備好在旅行途中吃。

「每次我一張大嘴，你就必須趕快把一片肉丟進我的嘴裡，」牠說：「否則我就沒辦法把你帶到地上了。」

他按照牠的要求做了，把兩大袋肉掛在牠的脖子上，然後自

己坐在牠的兩隻翅膀之間。於是，巨鷹開始揮動牠的翅膀，他們離開地面像風一樣穿梭在空中。士兵要盡一切力量才能穩住自己，但最大的困難是在每次巨鷹打開大嘴時，他要把肉片扔進巨鷹的嘴裡。

最後，當天色快要黎明時，巨鷹已經疲憊了，漸漸拍不動翅膀了。士兵準備好抓起最後的一塊後腿肉，把它扔進了牠的嘴裡，牠才獲得了力量，將他安全送到陸地上。

之後，牠停在一株大松樹的頂端，休息了片刻，又載著他用一種閃電一般的速度，飛過了海洋和陸地。

讓士兵降落在靠近宮殿的地方之後，巨鷹就飛回家了。巨鷹告訴他，任何時候如果還需要牠，吹一吹哨子，牠就會出現。

在這段時間裡，宮殿裡婚禮的一切工作都準備好了，隊長和軍官與兩位公主結婚的日子也快要到了；只是，她們並不比她們的妹妹快樂到哪裡去。她們每天都在哭泣和哀悼，婚禮日愈是接近，她們就愈是難過。

最後國王問她們是怎麼一回事，因為他覺得非常奇怪，她們被拯救、獲釋而且就要結婚了，卻並不興奮和快樂。公主們不得不編出一些話：最年長的公主就說，她們永遠也高興不起來，除非能夠得到她們在藍山時玩的那種跳棋。

國王想，這應該很容易處理。於是，他下令給國內所有最好和最聰明的金匠，要他們為公主製造那種跳棋。他們全都試過了，卻沒有人可以製作出來。最後，所有金匠都去了宮殿，除了一位以外。他是位又年老、又虛弱的人，他也已經不工作很多年了，除了製作一些奇怪的玩意兒，勉強維持生計以外。

　　士兵去了他那裡，要求當他的學徒。老人很高興地收下他，因為他已經很久沒有收學徒了。他從他的胸前拿出一個小酒瓶，坐下來和士兵喝酒。士兵看出酒精已經進入老人大腦血液之後，他就開始說服老人到宮殿向國王報告，說他可以做出公主們所要的那種跳棋。

　　老人說他可以馬上就去，又說自己年輕的時候，曾經做過更精細和更了不起的工作。國王一聽說竟然有人能夠製造公主們想要的那種跳棋，就毫不延遲地出來接見。

　　「你說的是真的嗎？你做得出我的女兒們想要的那種跳棋？」他問。

　　「沒錯，這可不是空話。」金匠回答。

　　「那太好了！」國王說。「這些是製造跳棋需要用的金子。但是，如果你沒完成，可是會沒命的，因為這可是你自己來要求這份差事的。而且你得在三天內製作出來。」

到了第二天早上，當老金匠擺脫了酒精的影響以後，他對這份差事並不是那麼有信心。他哭了又哭，又對學徒大發了一頓脾氣，因為學徒趁他喝醉時，讓他陷入了那樣的窘境。最好的辦法就是草草應付，他說，因為他可能要小命不保了。如果連最好和最了不起的金匠都無法製作出那樣的跳棋，他有可能做到嗎？

「不用擔心這件事，」士兵說：「讓我處理那些金子吧。我會及時準備好跳棋的，但我需要一間能獨立工作的房間。」老金匠同意了。

時間慢慢地過去，士兵卻什麼都沒做，只是休息。金匠開始發牢騷，因為他都不開始認真工作。「別擔心啦，」士兵說：「還有很多時間呢！如果你不滿意我的回答，那你就還是自己做吧。」老金匠第一天和第二天全都得到同樣的回答。

到了最後一天，一整天老金匠也沒從士兵的房間裡看見錘子，也沒有銼刀，他只得完全放棄。現在再沒有什麼別的辦法可以救他一命了，他想。

晚上到了，士兵打開窗戶吹響哨子。不久之後，巨鷹來了，問他想要什麼。「那些公主們在藍山上玩的金跳棋，」士兵說：「但你得先吃點東西，對嗎？那邊的乾草倉庫裡已經準備好了兩條牛，最好先吃掉牠們。」他說。巨鷹毫不遲疑地聽從了。

太陽升起之前，巨鷹就帶著跳棋回來了。於是士兵把跳棋放到了床底下，安心地躺下睡覺。

　　到了第二天早上，老金匠來了，敲了敲門。「天知道！你現在又是在折騰什麼呢？」士兵問。「你大白天地四處跑來跑去，到了晚上也不讓人好好躺在床上安歇，誰可以在這裡當一個好學徒呀！」他說。

　　就連禱告和乞求都無法挽回什麼了，老金匠還是無論如何都一定要進房間看看，最後他被放進來了。然後，可以確定的是，老金匠很快就停止了哭泣。

　　但是比金匠還要高興的是公主們，當他帶著跳棋來到宮殿時，最高興的還是最年幼的那位公主。

　　「是你自己做的嗎？」她問。「不是，如果我必須說真話的話。這不是我做的，」他說：「而是我的學徒製作的。」

　　「我想見一見那個學徒。」小公主說。事實上，是三個公主都想見到他，如果他夠珍視自己生命的話，他就必須來。

　　士兵並不害怕，「無論是婦女還是老人，」他說：「只要讓他們看看這些玩意，就能讓他們得到快樂。」最年幼的公主立刻認出了他。她跑向士兵，把他拉到一邊，給了他她的手，又說：「你好，感謝你為我們所做的一切。」

接著公主對所有人說：「就是這個人把我們從山怪的手中拯救出來。」她又對國王說：「他就是我要嫁的人！」然後她拉下士兵的帽子，給大家看她綁在他頭髮上的戒指。

很快地，人們就認清了隊長和軍官真正的行為，並讓他們為自己的惡行付出生命的代價，這就是他們應得的下場。

然而士兵，則得到了王冠和一半的王國，並娶了最年幼的那位公主。

人們出席了婚禮的盛宴，所有人都可以又吃又喝，儘管他們之前都沒能找到公主。如果現在他們還沒有結束吃喝，那一定是因為宴席還在持續。

故事賞析

三位公主在滿十五歲以前，被禁止到外面的世界去，因為有大風雪會來捲走公主們。因此，她們從小到大都被困在皇宮裡不能出門，但最後悲劇還是發生了。她們被困的地方從父親的王宮換到山怪的王宮。國王著急地招募尋找公主的隊伍，只是誰是有真本領的人，光憑身分和外表是無從判斷的。

士兵是個沉著冷靜、有謀略又有勇氣的人，他和隊長和軍官組成的尋人隊伍所遭遇到的各種困難都被他一一克服了。他不僅

對整項尋人行動做了充分準備，並且對每件事都有自己明智的見解。例如，利用木頭夾住小老人的鬍鬚，智擒住他並問出公主們的下落。只可惜儘管像他這樣一位有本領，甚至慷慨的人，不管是在童話世界或是在現實世界裡，都容易遭人妒忌，甚至也可能遭人陷害。

士兵解救了公主們之後，正準備被拉上洞口時，故事裡出現了在童話裡少見的陰險心計。士兵意識到自己有必要先試探隊長和軍官的存心。只怕在士兵到洞穴找公主們時，他們已經商議好了若找到公主們，要如何料理士兵。他們陷害了士兵以後，還恐嚇公主們必須隱瞞整件事。之後，儘管公主們已經恢復了自由卻仍不敢向外吐露半句。或許是因為她們太年輕、單純，才會被輕易唬住，不得不藉口說是因為想要玩跳棋，才感到難過。至於為什麼士兵回到了地上，不直接去王宮見公主們，而要透過製作跳棋這個理由？也許可以想像成是因為事件後，她們被看守得更加嚴密了。

9.〈照顧家的丈夫〉

　　從前，有個男人，粗魯又脾氣暴躁。他在家裡看老婆所做的事沒有一件順眼。所以，某天晚上，在晾乾牧草的時候，他回了家，又是咒罵又是牢騷，對他的老婆呲牙咧嘴，讓人不得安寧。

　　「親愛的，這又是怎麼了？發發好心吧！」老婆說：「要不然，我們明天開始交換工作吧。我明天帶著工具出門去割草，你好好待在家裡顧家吧。」

　　那樣也好！丈夫想這也可行。他倒是能接受這個提議，他說。

　　到了第二天早上，他的老婆脖子上掛了一把鐮刀，也帶了其他的工具上牧草地去割草，而男人則待在家裡負責家務。

　　頭一件事，男人打算攪拌奶油。但是他才攪拌了一會兒，就覺得渴，所以他下到地窖裡，想打開一桶啤酒。

　　就在他敲開木塞，正打算把出水嘴塞進酒桶裡的時候，他聽見頭頂上有豬跑進廚房的聲音。於是，他就抓著出水嘴，急忙從地窖的階梯跑了上去想管一管豬，免得廚房被牠們搞得一團亂。

但是，當他跑進廚房時，卻看見豬已經撞翻了攪拌器，杵在那裡，咕嚕咕嚕地用鼻子拱著流了滿地的奶油。

男人抓狂了，不顧一切地追趕豬，忘了啤酒桶的事。就在門口的地方，男人趕上了豬，並狠狠地用力踹了豬一腳，這豬當場就倒在地上死了過去。

這時，他才想起出水嘴還在手上，急忙跑下地窖，結果啤酒已經流光了。

他只好上乳品鋪去，因為那裡有現賣的乳品足夠攪拌器用。接著，他回到家，又趕著把奶油攪拌好，因為那可是晚餐要吃的。可是他才開始攪拌了一會兒，又想起乳牛還關在牛棚裡，整個早上還沒有吃一點草料或喝一點水呢，而現在太陽已經升得很高了。

但他又想到，如果要把乳牛牽到牧草地，可能太遠了些。所以他索性把牛牽到屋頂上，因為屋頂是用茅草搭成的，也還長著草。

房子的一側正挨著一處斜坡，男人想，如果能從斜坡上把一塊木板橫放到茅草屋頂上，那麼就可以把牛牽到屋頂上去了。

但是，他實在不想離開攪拌器，因為他的小寶貝也還正在地板上爬著。「如果我走開了，」他料想，「寶寶準會打翻它。」

所以，他就把攪拌器揹在背上走了出去。

但這時，他又覺得在把牛弄上茅草屋以前，還是先餵牠喝飽了水比較好。他就找來了一個桶子，要從井裡汲水。可是他才剛在井邊彎下腰，所有的奶油就從他背上的攪拌器裡，順著肩膀流進井裡了。

現在，已經快到晚餐時間了，但他卻連奶油都空了，所以，乾脆還是煮點濃湯好了。男人把鍋子裝滿了水，放在火爐上煮著。做好這些以後，他忽然想到牛說不定會從屋頂上掉下來，摔斷腿或是脖子。

於是，他趕緊跑上屋頂，想把牛給綁起來。他把繩子的一端匆匆勒在牛脖子上，另一端則沿著煙囪管，垂下來綁在自己的大腿上。因為他得把握時間同時進行許多工作，所以想出了這個絕妙的點子。鍋子裡的水就要滾了，而他也還得去磨些麥子。

就在他開始努力磨著麥子的時候，牛還真的從屋頂跌下去了。就在牠跌下時，和男人綁在一起的繩子就從這一端，把男人拖上了煙囪管。很快地，他被卡在煙囪裡，而牛懸掛在屋外的牆面上，在空中和地面之間不斷晃動，既不能上去也不能著地。

在這段時間裡，他的老婆等著他來叫自己回家吃飯，卻始終不見蹤影。最後，她覺得實在忍不住了，就直接跑回家去了。

她一到家，就看見牛非常蠢地掛在房子的外牆上。於是她立刻跑上前去，用鐮刀把繩子一砍兩段。但她這麼做卻讓丈夫直接從煙囪管墜了下去。最後，當妻子走進廚房時，看見的是丈夫直立在那裡，頭卻扎進了煮粥的鍋裡頭。

故事賞析

　　這是一個有趣的小故事，內容是說一個非常沒本事的丈夫，嫌外面的工作累，以為家裡的事輕鬆容易做，所以和自己的妻子交換了工作。因為他看不起家務的各種小事，所以才會以為自己很容易可以同時完成好幾件事。把事情搞砸的人更多是自以為聰

明的人，反而不是愚笨的人，因為自以為是的人更容易高估自己的能力。

　　故事裡的丈夫在做一件工作的同時，總是不斷想到另一件事，所以這件事和那件事，好幾件事同時交纏在一起。更糟的是，他還異想天開地以為自己想到了高明的辦法，能解決一些不方便的問題。懶人似乎反而容易有這種特質，想用巧妙的辦法來減少自己的辛苦和勞動，結果反而常常適得其反。例如，把乳牛拉到屋頂上就不必牽到大老遠的牧草地上去。而且，他還想到為了避免乳牛從屋頂上摔下去，把繩子一端綁在乳牛的脖子上，把另一端綁在自己的大腿上。

　　這個故事展示了一幅北歐農人家居生活的圖像，平常他們需要照顧小孩、牲畜，還有上牧草地去割草和晾乾草。他們每天也需要花費大量的時間來準備三餐，其中有許多食物和飲料，奶油、乳酪、啤酒和麥粉等，目前也還是歐洲人平常的主食。

10.〈拜訪北風的少年〉

　　從前從前，有一個寡婦，她有一個兒子。因為她既貧窮又衰弱，她的兒子不得不爬上階梯到儲藏室，拿些食材好準備做飯。但是他才剛拿了些食物，人還在儲藏室外，正要沿著階梯下來時，颳來了一陣強勁的北風，將食物抓住颳到了空中，接著食物就不見蹤影了。

　　所以，年輕人只好回到儲藏室再去拿些食物。當他才又剛走到階梯邊時，北風又吹了過來，颳走了食物。

　　當他第三次回到儲藏室拿食物，卻又被颳走之後，他非常生氣。北風幹的事，讓他很困擾。

　　所以，他決定要去拜訪北風，請北風歸還他們家的食物。於是他出了門，但路程很遙遠。他走了又走，最後來到了北風的家。

　　「你好！」年輕人說：「感謝你昨天來拜訪我們。」

　　「你好！」北風回答。他的聲音響亮而沙啞，「感謝你的拜訪。你想要什麼呢？」

「哦！」小夥子回答說：「我只是想請你好心地歸還從我們家儲藏室階梯那裡颳走的食物，因為我們沒有太多錢可以生活。如果你非要搶走我們僅剩的那點東西，我們就只好等著餓死了。」

「我沒有拿你的食物呀！」北風說：「但是如果你真的那麼窮，我可以給你一塊布，它可以給你所想要的一切東西。只要你說：『布呀，展開你自己，供應各種美味佳餚吧！』」

得到了這塊布，年輕人滿意極了。但是，因為路途那麼遙遠，所以他沒有辦法在一天之內趕回家，在路上他投宿到了一家旅店。

當大家坐下來準備吃晚飯時，年輕人把布

鋪在一張角落裡的桌子上，說：「布呀，展開你自己，供應各種美味佳餚吧！」

他才剛這麼說完，那塊布就立刻照做了。所有在那裡看到的旅客都認為這可是件好寶貝，尤其是旅店的女主人。所以，當夜裡所有人都睡著了之後，她就拿走了年輕人的布，然後拿了另外一塊同樣的布來調包。那塊布看起來就跟他從北風那裡得到布的一樣，只是無法供應什麼，哪怕是一小塊乾麵包。

隔天在年輕人醒來後，他就帶著布離開了，那一天他回到了母親的身邊。

「現在，」他說：「我可是去過北風的家了，他是一個不錯的傢伙，因為他給了我這塊布。只要當我對它說：『布呀，展開你自己，供應各種美味佳餚吧！』我就能得到我想吃的美味食物。」

「原來那都是真的，老天！」他的母親說：「但是眼見為憑，除非讓我親眼看到，否則我可不信會有這種事。」但是，年輕人就連一小塊乾麵包也沒有變出來。

「這下好了，」小夥子說：「這布不管用，我只好再去拜訪一下北風了。」所以，他又出門去了。

在傍晚的時候，他又來到了北風住的地方。「晚安！」年輕

人說。「晚安！」北風也說。

「我主張擁有要回被你拿走的食物的權利。」小夥子說。「因為，我得到的那塊布，完全不管用。」

「我沒有拿你的食物。」北風說：「但是你可以得到一隻公羊，這羊可以拉出鑄有公爵肖像的金幣。只要你對牠說：『羊呀，羊呀，來錢吧！』」年輕人心想，這可是一件好事，但是因為那天趕回家太遠了，他就又投宿到了之前住過的那一家旅店裡。

這次，他在點食物來吃之前，就先試了試北風所說的，讓公羊拉出金幣的事，確定它是真的。但旅店的主人一看見這隻羊，就認出這是一隻著名的公羊。所以夜晚當年輕人睡著了以後，他就牽了另一隻不能拉金幣的公羊來，將兩隻羊調了包。

第二天早上，年輕人離開了旅店。他回到母親的身邊以後說：「北風真是一個有趣的傢伙。他給了我一隻公羊，這可是能拉出金幣的公羊。只要我說：『羊呀，羊呀，來錢吧！』，就會有金幣出現了。」

「原來那都是真的，老天！」他的母親說：「但是眼見為憑呀，除非讓我親眼看到，否則我可不信會有這種事。」

「羊呀，羊呀，來錢吧！」年輕人說完後，如果公羊這時拉

出了什麼東西，那一定不是金幣。所以，他只好又回到北風那裡，而且發起脾氣來。說那隻公羊一文不值，他主張有要回食物的權利。

「好吧！」北風說：「我沒有什麼別的東西可以再給你了，只除了角落裡的那根舊棍子。只要你對這根棍子說：『棍子，棍子，打人！』它就會打人，直到你對它說：『棍子，棍子，現在停下！』才會停止打人。」

回家的路程是那麼長，當晚年輕人又投宿在先前的旅店了。現在，他幾乎已經猜到布和公羊的真正下落了。所以，他立刻躺到長凳上開始打呼，假裝自己已經睡著了。

旅店的主人，很容易就看出那根棍子想必也是件寶貝，就找來了一根和它一樣的棍子，打算在聽到年輕人的打呼聲後就調換兩根棍子。但就在旅店主人正要行動的時候，年輕人開始吼叫：「棍子，棍子，打人！」於是，棍子就開始敲打旅店主人，直到他跳過椅子、桌子和長凳，並大聲吼叫：「天啊！天啊！快叫棍子停下來吧，否則它會把我打死的，我把魔布和金公羊還給你就是了！」

年輕人覺得旅店主人已經得到了足夠的教訓之後，他才對棍子說：「棍子，棍子，現在停下！」

※ ※ ※ ※ ※ ※ ※ ※ ※ ※

　　然後他就拿回了布，把它放進口袋裡。又拿回了棍子，把它握在手上。而且拉著一根圈住羊角的細繩，一路領著公羊回家。就這樣，他要回了他對失去的食物所擁有的權利了。

故事賞析

　　年輕人陰錯陽差地把被颳走食物的錯怪罪給北風，北風似乎不太清楚發生了什麼事，但還是願意送給他寶貝作為補償。這幾樣東西，首先食物是最實際的，可以立即解決年輕人一家食物短缺的困難；接著是金幣，可以讓年輕人家變有錢，從此衣食無虞；最後北風送給年輕人的是一樣武器，表面上它似乎對一般人的用途有限，因為武器並不能解決窮困或生活上大多數的問題。然而，有趣的是，這根好像沒什麼用處的棍子卻幫了年輕人，要回了他在旅店裡先後被騙走的兩樣寶貝。

　　在旅店裡，年輕人因為涉世未深所以沒有注意到該把寶貝藏起來，以免引起他人的覬覦。提防小偷似乎是所有人都應該注意的事，因為明顯的好人和壞人似乎並不太多，多數人都是混合了善與惡的特質。只是，魔布、寶羊這兩樣神奇的寶貝，就算是對一般意義的好人也可能構成誘惑。另外，故事裡提到公羊可拉出的有公爵頭像的金幣，未必沒帶著一點政治諷刺的意味。

※ ※ ※ ※ ※ ※ ※ ※ ※ ※

表面上，年輕人在旅店裡蒙受盜竊損失，因此一度誤以為北風給的是根本不管用的東西。這種在現實世界裡死無對證的調包，可稱得上是完美犯罪。年輕人雖然蒙受了兩次損失，但是令人意外的是，最後，這反而讓他總共得到了三件寶貝。

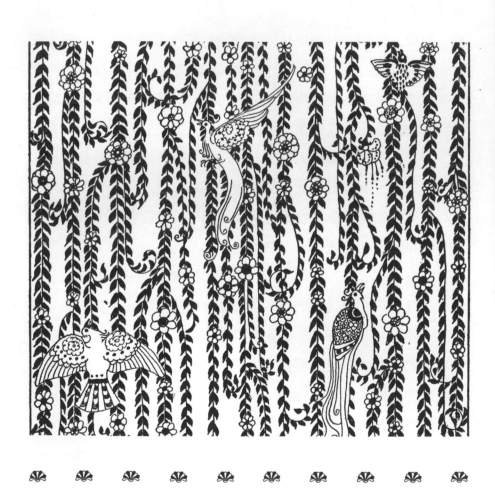

11.〈玻璃丘上的公主〉

　　曾經,有人有一座牧場,高高地位在山坡上;牧場上有一座
穀倉,用來保存他的乾草。只不過,在最近一兩年裡,穀倉裡
並沒有存放太多東西。因為在聖約翰日的晚上,就在牧草長得最
翠綠、最茂盛的時候,整片牧草卻從根到葉被吃了個精光。第二
天早上看起來就像有一整群綿羊在那裡被放養了一夜。這種事發
生了一次、發生了兩次,最後男人開始對牧草整批失蹤覺得不耐
煩。

　　他有三個兒子,最小的那個綽號叫布斯。男人對兒子們說,
他們之中的一個在聖約翰日的夜晚,必須到牧場的那個穀倉裡去
過夜。

　　這可不是鬧著玩的,他們家的牧草今年可能又會被吃光,從
草根和葉子,因為這在過去兩年都發生過。所以,無論他們中的
哪一個去,都必須睜大眼睛地盯緊牧草,父親這麼交代。

　　好了,最大的兒子準備要去看守牧草地了。由他照看牧草是
讓人信得過的!只是,如果對方是人或是野獸或是魔鬼,拿走了

一整片牧草，也不能算是老大的錯。

夜晚來臨時，他前往穀倉，進到裡面就躺下睡覺。到了半夜，傳來了小小的喀噠聲，接著又有地震，整個牆壁和屋頂晃動，嘎吱作響，把老大嚇得跳了起來，腳底抹油用最快的速度逃走了。一直到回家以前也不敢張望四周，所以今年的牧草又被吃個乾淨，就像前兩年那樣。

到了下一個聖約翰日的夜晚，這個農夫又說了，他永遠不想再這樣失去牧場所有的牧草。所以，必須再有一個兒子去看守牧草，把它看得緊緊的。於是第二個兒子準備好要去試試自己的運氣。他一到那裡，走進了穀倉就躺下來睡覺，就像他的哥哥那樣。

隨著夜幕降臨，又出現了震動和隆隆聲，甚至比前一個聖約翰日的夜晚更糟糕，二兒子聽到這些時，他嚇壞了，腳底抹上油就像他在參加比賽一樣跑回家了。

又到了隔年，終於輪到了布斯。但是當他準備好要去的時候，另外兩個哥哥開始拿他開玩笑說：「你只是個看乾草的傢伙，就是你，什麼都不會做，只會坐在灰燼旁烤火。」

但布斯並不關心那些嘮嘮叨叨的話，夜漸漸深了，布斯大踏步出門，來到了山坡上的牧場。到牧場後，他走進穀倉躺了下

來。只是，差不多才過了一個小時，穀倉又開始發出喀噠喀噠的聲響，令人毛骨悚然。

「好吧，」布斯說：「如果情況不會更糟，我能夠忍受。」

過了一會兒，又來了一陣喀噠響和地震，穀倉裡的雜物還飛過了小兒子的耳朵。「哇，」布斯接著又對自己說：「如果情況不會更糟，我敢說我還能夠忍受。」

但是又來了第三次轟隆聲和地震，小兒子覺得牆壁和屋頂都快倒在他的頭上了。但是，它還是過去了，一切都像死了一般寂靜。

「它一定會再來的，我敢肯定。」布斯心想。但並沒有，它並沒有再來。外面仍然沒有任何動靜。

但他才又躺了一會兒，又有一些噪音傳來，就好像一匹馬站在穀倉門外面，啃著牧草。於是他悄悄靠近門邊，從細縫裡向外偷看，那裡遠遠站著一匹馬正在吃草。是多麼健美、肥碩的一匹巨馬啊，布斯從來沒看見過這樣的馬。牠旁邊的草地上擺著馬鞍和馬轡頭，還有一套騎士的全副盔甲，全都是黃銅的，散發出耀眼的亮光。

「哦，哦！」小兒子想：「就是你吧，好傢伙，吃光了我們家的牧草？我一定要好好收服你，給我走著瞧。」

他沒浪費任何時間，從穀倉的錫箱裡取出一塊鐵，把它扔過了馬背。布斯知道有魔力的山怪和精靈們害怕鐵或鋼，果然，巨馬就沒辦法在那裡繼續搗亂了，變得非常溫馴，讓這年輕人可以按自己的意思處置牠。於是，他騎上馬背，騎到了一個沒有人知道的地方，到了那裡他讓馬休息、餵牠吃些東西。當他回家之後，兩個哥哥笑了，問他去了哪裡？

「你沒待在穀倉裡吧？雖然你還是大老遠去了那裡。」

「好吧，」布斯說：「我可以這樣告訴你們，我在穀倉裡一直躺到太陽升起，沒看見、也沒聽見什麼，我不懂穀倉裡是什麼讓你們兩個這麼害怕。」

「說得倒是很好聽。」他的兄弟說。「但很快我們就可以知道你是怎麼看守牧草地的了。」所以，他們一起向那裡走去。但他們到達那裡時，那裡的草就像昨夜一樣在地上長得好好的。

好吧，下一個聖約翰日的前夕，同樣的故事又發生了一遍。兩個哥哥都不敢去牧場看守莊稼。倒是布斯，他願意去，所有的一切都像一年前發生的那樣又發生了一次。

首先是喀噠聲和地震，然後是更大的隆隆聲和另一次更大的地震，之後第三次是更大的轟隆聲和地震，只是今年的地震又比前一年強得多。接著在之後，所有一切都像死了一樣寂靜。

年輕人這時又聽到穀倉門外的草地上有什麼東西在啃著草，所以他又悄悄地靠近到門邊，從隙縫裡偷看。結果，是另一匹馬正站在牆邊，拚命啃著和嚼著牧草。這匹馬遠比前一年的那匹馬要更為健壯和肥碩，牠的背上背著馬鞍，脖子上有個轡頭，還有一整套騎士穿戴的盔甲擺在牠的身旁，全都是銀色的，無比華貴。

　　「哦，哦！」布斯對自己說：「就是你吃掉了我們的牧草對吧？看我怎麼來收服你。」於是，他又從錫箱裡拿出了一塊鐵，把它扔過了馬背，結果馬就像綿羊那樣呆呆地站住了。這下好了，小夥子也騎著這匹馬，到他藏另一匹馬的地方，然後自己回家了。

　　「我想你又要告訴我們。」他的一個兄弟說：「今年的牧草還是和去年一樣好。」

　　「是呀，就是那樣。」布斯說。其他人一聽都跑過去看，那裡牧草仍然高高的，就像前一年那樣。但他們也沒有對布斯說什麼好話。

　　現在，第三個聖約翰日的前夕到來了，兩個哥哥仍然不願去穀倉徹夜看守牧草，因為他們對先前在那裡過夜時所受的巨大驚嚇，心裡還留著陰影。但是布斯還是敢去，且這一次也還是像前

兩次發生過的那樣。三次地震，一次比前一次更嚴重，最後一次
地震發生時，小夥子被嚇得從穀倉的一面牆前跳到另一面牆前。
然後，在那之後，一切又陷入了死亡般的寂靜。

他躺了一會兒後，聽到了穀倉外面的草地上有動物正拖拉著
什麼的聲音，所以，他再次悄悄地靠到了門邊，從細縫裡向外
一望：有匹馬正站在外面，遠比前兩匹他牽走的馬更加巨大和肥
碩。這次，馬背上的馬鞍、轡頭，還有被擺在牠身旁的一整套盔
甲，全都是金色的，顯得金光燦燦，耀眼奪目。

「哦，哦！」小夥子對自己說，「就是你對吧？到這裡來
吃光了我們的牧草？我馬上就會讓你停下來，我很快就會收服
你。」所以他抓起一塊鐵，把它扔過了馬脖子，就在那一瞬間，
那匹馬就呆站在那裡好像被釘在地上一樣，布斯可以隨意處置牠
了。

年輕人又騎著這匹馬，到他隱藏其他馬的地方，然後就回家
了。他回到家之後，他的兩個哥哥又像先前那樣開他的玩笑，說
他們看得出布斯把牧草看守得很好，因為他看起來簡直就像是在
夢遊，還說了許多其他無聊的廢話。但布斯不理會他們，只要他
們自己去牧草地那裡看看。當他們走到那裡發現，這次牧草還是
像前兩次那樣長得高高的。

布斯居住的國家，國王正好有一個女兒，她只願意嫁給能夠騎馬越過玻璃丘的男人。這個國家正好有一座小丘，全都是玻璃的，光潔又滑溜如同冰塊一樣，緊靠著國王的宮殿。

在小丘的頂峰上，就坐著國王的女兒，有三顆金蘋果在她的腿上。越過玻璃丘和帶走三顆金蘋果的人，可以擁有一半的王國，而且娶公主為妻。這些是國王在他所有領土內所有教堂的門上豎立的公告，甚至還通知了附近的其他鄰國。

公主是如此可愛，所有見到她的男人都不可自拔又死心塌地地愛上她，無論他們是否願意。所以，那些聽見這個消息的王子和騎士，都渴望能贏得公主為妻和獲得一半的王國。他們從世界

各地騎著高大的駿馬，身穿最體面的華服前來，每個人都下定決心，要獨自贏得公主。

所以，當國王定好的競賽日到來，玻璃丘下聚集了一大群王子和騎士，光是數量就足以讓人頭暈目眩。全國只要能動的人全都湧到了小丘來，因為他們都渴望看看最後是誰能贏得公主。

布斯的兩個哥哥也和其餘的民眾一起過來了，至於布斯，他們不客氣地說布斯不應該和他們一起去，因為如果他們被看見帶著這樣一個小屁孩，根本就像是擦鞋的或是篩煤渣的，那大家都會取笑他們。

「好吧，」布斯說：「對我可沒有什麼分別。我可以一個人去，不管好或壞都是我自己的事。」

現在，兩兄弟來到了玻璃丘，騎士和王子們都騎著他們的馬努力嘗試，但他們全部都失敗了。這可不是件好事，因為馬一到小丘下準備開跑，立刻就滑倒了，沒有人能朝前推進個一兩碼。這並不奇怪，因為小丘光滑得就像是一片玻璃，陡峭得就像是一面房子的牆。但是，所有人都渴望能擁有公主和一半的王國。

他們騎上去就滑倒，滑倒了又騎上去，不斷重複著摔倒的動作。最後，他們的馬都非常疲倦了，累得連條腿都抬不起來，而且油膩膩的汗水不斷從他們身上滴落下來，以至於騎士們不得不

放棄繼續嘗試。所以，國王只好想，或許該在第二天宣布一項新的競賽，看看他們的運氣會不會更好。

這時候，有一名騎士忽然現身了，他騎著無比英勇的寶馬騎向小丘，沒有人看過這種身穿明亮銅盔甲的騎士，連馬也佩戴著黃銅的轡頭。多麼閃耀呀，陽光從他全身反射出來。

所有人都朝他喊叫，希望他騎上小丘時也同樣遇到麻煩，因為他會搶走他們的機會，但是他並不理會他們。他登上了小丘三分之一的高度，卻無法再往上了，只好讓馬停了下來。騎士已經走了那麼遠，卻只能掉轉馬頭騎下小丘。公主心想，多麼英俊的騎士呀，公主覺得她從來沒見過有人騎馬的樣子有這麼英勇。

「老天呀，但願只有他能騎上小丘，從另一邊騎下去。」公主坐在那裡，期望著。

所以她在看到騎士轉身時，把一顆金蘋果扔到他的身後，金蘋果就滾落到他的鞋子邊。騎士騎到了小丘下，因為速度是那麼地快，所以沒人知道他是誰。

那天晚上，所有的騎士和王子們都要到國王面前致意，也許那個快速騎上小丘的人，會拿出公主投給他的金蘋果，但是卻沒有人拿出金蘋果。一個接一個，大家都來了，但沒有任何一個人這麼做。

布斯的哥哥們也回家了，他們有騎士登上小丘的精彩故事可以向他吹噓。

「一開始，」他們說：「大家連一步都跨不出去。但是最後來了一個人，穿著全副黃銅盔甲，還有黃銅馬鞍和轡頭，每樣東西都好閃亮，從他身上反射出的太陽光，簡直可讓在一哩外的人看見。是一個騎著馬的年輕人，只騎到了玻璃丘三分之一的地方。如果他願意勉強一試，應該是很容易就能騎上去。但他卻掉頭騎下山，想想看，也許這對一個人來說，已經是極限了。」

「喔！我真希望有看到他，我應該要看的。」布斯，正坐在火爐旁，把他的腳伸進煤灰裡，他一向習慣這麼做。

「喔！」他的哥哥們說：「你可以嗎？你配和那些尊貴的領主混在一起嗎？邋遢的貨色，還是乖乖坐在你的煤灰裡吧。」

第二天，兄弟們都要再次前往，布斯同樣又懇求他們，讓他和他們一起去。但不行，他們不管怎樣都不願跟他一起去，他又醜又髒，他們說。

「好吧，好吧！」布斯說。「如果要去，我就自己去。我可不怕。」

當這幾兄弟到達玻璃丘時，所有王子和騎士們已經又開始競賽了。他們已設法讓馬的蹄更為有力，但是效果還是不好。他們

騎在馬上，滑倒了、又再騎，就像他們前一天所做的那樣，但沒有人能朝小丘推進一碼。當已經把自己的馬折騰到筋疲力竭，連一條腿都抬不動時，他們也只能被迫放棄了。

國王心想他可以宣布明天是騎馬競賽的最後一次，再給他們一次機會。但是，他又想起，也許應該再等一會，看看昨天的銅盔甲騎士今天是否還會來。只是，這人的蹤影並沒有出現。

這時候，有一個身披銀盔甲的騎士騎著馬現身了，遠遠比昨天那位穿著黃銅盔甲的騎士，更英勇、更華麗，騎的馬也比黃銅騎士的馬更好。

他的銀色盔甲、銀色馬鞍和轡頭，將燦爛的陽光反射得非常遠。然後其他人再次向他大喊，說他也只能騎到半山腰上，不用想騎上山丘，最好放棄以免麻煩。但騎士沒有理他們，直接騎上小丘，直到騎到山丘三分之二高的地方，但最後他還是掉轉了馬頭，再次騎了下來。

比起穿著黃銅盔甲的騎士，公主更加喜歡這位銀盔騎士，她坐在那裡暗暗期盼只有他能騎上小丘，並從另一邊騎下去。所以，當她看見騎士轉身時，她就把第二顆金蘋果丟到他身後，它向前滾去，滾到了他的鞋邊。當騎士從玻璃丘下來時，騎下山的速度是那麼快，以至於沒有人能知道他是誰。

到了晚上，所有的人都要到國王和公主面前致意，擁有金蘋果的人可以在這時拿出它來。但在他們一個接著一個上前晉見時，還是沒有人拿出金蘋果。

兩兄弟，就和他們前一天一樣，回家吹噓所有發生的事，說所有人都試著騎向小丘，只是沒有人辦得到。

「但是，最後，」他們說：「有一個穿著銀色盔甲的騎士出現了，他的馬有銀色的馬鞍和轡頭。這是一個年輕的小夥子，他騎到了小丘三分之二高的地方，然後就掉頭了。 他是一個帥氣的傢伙，一定是。公主把第二顆金蘋果丟給了他。」

「哦，」布斯說：「我倒想看看他，我得看看他。」

「說得簡單。」他們說。「難道你以為他的銀盔甲像你總是撥著、篩著的煤灰一樣嗎？你這個邋遢的東西。」

到了第三天，發生的一切也和前兩天一樣。布斯懇求要一起去看看，但兩個哥哥不理，也不讓他和他們一起去。當他們到小丘時，同樣還是沒有人能夠往上騎上一碼遠。所有人都等著要看銀色盔甲的騎士到來，但沒有人看見他的蹤影。

最後，一位騎在馬背上，無比英勇，沒有人見過的騎士出現了。身穿著一套金色的盔甲，金色的馬鞍和馬轡，他身上的光芒是多麼奇妙啊，反射出來的亮光使所有的人驚奇。其他的騎士和

王子幾乎忘記朝他呼喊，阻止他嘗試自己的運氣，因為他們全對這麼壯觀的景象嚇呆了。

因此，他毫無困難地就直接騎上了小丘，公主甚至還來不及祝願他一路順利。他一到了小丘頂上，就直接從公主的膝蓋上拿起了第三顆金蘋果，然後就掉轉了馬頭，騎下了小丘。一下了山，就全速騎走了，瞬間消失在人們的視線當中。

哥哥們晚上回家後，口沫橫飛地講述了當天發生的事，騎士們如何失敗，還有其他的事。最後好不容易他們決定要告訴布斯黃金騎士的故事。

「他就是個騎著馬的年輕人！」他們說：「像那樣神氣的騎士可不是隨便在這世界上能找到的。」

「哦，」布斯說：「我倒想看看他，我得要看看他。」

「啊！」他的兄弟說：「他的黃金盔甲只比你總是在撥著和扒著的煤炭亮一點而已。邋遢的傢伙，閃遠一點吧。」

第二天，所有的騎士和王子們都必須經過國王和公主面前向他們致意，因為前一天晚上的競賽進行得太晚，人們心想，擁有金蘋果的騎士這時總應該帶著蘋果現身了吧。但是一個接著一個，首先是王子、然後是騎士，仍然沒有人拿出那顆金蘋果。

「好吧，」國王說：「但一定有人獲得了它，因為這是我們

所有人都親眼見到的事。這個人怎麼來、然後騎上了小丘，又把金蘋果帶走了。」

所以，國王下令王國內的每一個人都要到宮殿去，看看他們能不能拿出那顆金蘋果。好吧，他們一個接一個地來了，可是沒有人把金蘋果帶來。

過了一段時間之後，布斯的兩個哥哥也來了。他們是最後一批，所以國王問他們，在王國裡還是否還有沒到的人。

「呃……是的，」他們說：「我們還有一個弟弟，但他從未帶回過金蘋果。在這三天裡，他還沒有從洞裡出來過呢。」

「不要緊，」國王說：「他也可以來到宮殿，就像其他人一樣。」所以布斯也不得不去宮殿。

「喂，喂，」國王說：「你有金蘋果嗎？快說！」

「是的，我有，」布斯說：「這是第一顆，這是第二顆，這是第三顆。」這時，他把所有三顆金蘋果從口袋裡拿出來，同時脫去了他那身烏黑的破衣服，身穿金色的盔甲出現在人們眼前。

「這就對了！」國王說：「你將擁有我的女兒，和半個我的王國，因為你值得擁有她和它。」

於是他們準備好了盛大的婚禮，布斯娶了公主為妻。人們在新婚宴會上非常歡樂，儘管他們都無法騎上玻璃丘。如果他們還

沒有離開這個給人歡樂的婚宴，是因為他們仍然還置身其中。

故事賞析

當最小的兒子布斯被派去看守牧草，儘管布斯也和他的哥哥們一樣害怕，但不同的地方在於，布斯總是願意探測自己忍耐的底線，而且他還有更強的好奇心。因此，他才成功地看守住牧草和得到三匹神奇的駿馬。故事裡的不尋常之處在於，為什麼三個聖約翰日的晚上，分別會有三副盔甲被擺放在那三匹吃著牧草的馬的身旁，似乎等待著有人去穿戴？是有三位騎士消失了？還是有人特意要把三副盔甲和三匹寶馬，賞賜給擁有特殊勇氣的人？

玻璃丘的挑戰不僅考驗著人們的本領，也考驗著他們的勇氣。儘管國王為公主招親的重點似乎是技巧，光潔滑溜的小丘令任何一個騎著馬的騎士寸步難行。各種身分的人來到這裡測試自己的能耐，卻只有技藝超群的人才能通過考驗。故事裡，當布斯騎著寶馬上山，眾人因為擔心自己失去了娶得公主和擁有半個王國的難得機會，自然表現出人性真實的一面。發出噓聲，期盼他也失敗，這種行為是寫實的。

而當布斯分別取得了三顆金蘋果之後，竟然不在三次競賽後晉見國王和公主的場合露面，似乎是因為身分而產生的自卑心

理。倘若國王並不是真心要找尋憑本領成為駙馬的人，就不會找出布斯。這也可以視為是布斯給國王和公主的考驗。至於，布斯的兩個兄長表現得像潑皮無賴，看不出他們對布斯的兄弟之情。有時親人之間反而因為距離過近而看不清，不僅不清楚彼此的某些面向，也無法認識彼此的全貌。

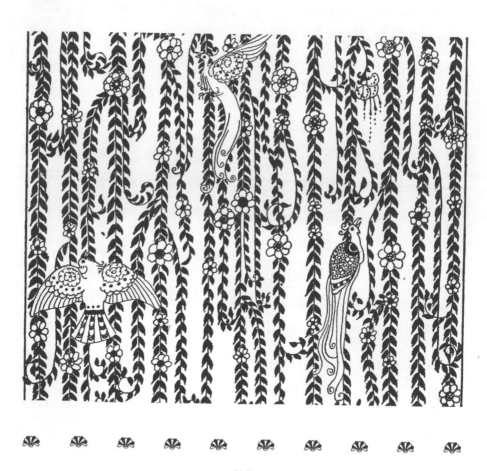

12.〈朵弗費爾的貓〉

　　很久以前，有個住在芬馬克的人捕到了一隻巨大的白熊，他打算把牠帶到丹麥國王那裡。所以，他在聖誕夜來到了朵弗費爾，在當地他造訪了一名男人住著的小屋，男人的名字是哈爾沃。男人問哈爾沃能不能為他和白熊騰出一間客房。

　　「老天從來都沒有幫過我，我敢發誓這是真的！」哈爾沃說：「我們現在不能幫人弄個房間，因為每年聖誕夜，總有一大群山怪找上門來，我們只能被迫躲到別的地方去。所以除了我們自己的容身之處以外，房子裡不會有多出來的空間，更別說還有什麼地方，可以借給別人。」

　　「哦？」男人說：「如果是這樣，你可以借給我你的房子，我的熊可以躺在那邊的爐子旁，我可以睡在側屋裡。」好吧，由於他懇求得非常殷切，所以他就被留在了那裡。

　　所有的當地人都逃走了，在他們離開以前，所有的東西都為山怪們料理好了。桌椅擺好了，米粥、魚和肉也都燉好了，香腸和其他食物也都被料理妥當，就像一場豐盛的餐宴那樣。

當一切事情都安排好了以後，山怪們來了。有些很巨大，有些則比較小；一些有長尾巴，有些則沒有；還有一些有長鼻子。他們吃、喝、享用了所有的食物。

　　就在這個時候，其中一個小山怪瞥見白熊正躺在爐子下面。他就拿了一塊香腸，把它插在叉子上走上前去。

　　這時，小山怪忽然把叉子戳到熊的鼻子上，叫著：「貓咪，來吃點香腸嗎？」

　　白熊痛得站立了起來、怒吼著，追逐著山怪們，把他們全都趕出村去。

　　到了隔年，哈爾沃在聖誕夜的下午到樹林裡去，打算趕在假日前鋸一些木頭，因為他想山怪們晚上會再來。

　　就在他努力工作的同時，樹林裡傳來一個聲音：「哈爾沃！哈爾沃！」「哎，」哈爾沃說：「我在這兒。」

　　「你的大貓還跟你在一塊嗎？」山怪問。

　　「是呀，還在，」哈爾沃說：「牠正在我家的爐子前躺著呢。而且，牠現在已經有七隻小貓了，比牠自己要大得多、也胖得多。」

　　「呃……好吧，那麼我們不會再來看你了。」山怪從樹林裡這樣喊著，然後消失了。

結果，真的就像所說的那樣。從那時起，山怪就從來沒有在聖誕夜，到朵弗費爾的哈爾沃家喝過一口麥片湯了。

故事賞析

這個小故事是個少見、有明確發生地點的傳說，也許曾經有某個什麼事件在那樣一個小村子裡發生過。如果不是山怪們每年聖誕夜要上小村子來聚餐慶祝、大快朵頤一番，也可能是海盜或土匪之類的人。如果山怪們連老帶少每年也有過節的需求，而且餐宴的內容也都是人們常吃的食物，那麼跟人類日常生活型態的差異，似乎不是很大。如果不是因為偶然發生了白熊的特殊事故，這種山怪霸土餐的傳統可能會不斷地維持下去。

路過的男人帶著白熊前來投宿。原來是要進獻給丹麥國王的白熊，卻因為被小山怪誤以為是貓，上前胡亂逗弄而發生了意外。此外，山怪們在那次的聚餐因為白熊而掃了興，居然也沒有遷怒和報復小屋的哈爾沃，可見他們也不是完全不講理的。或許也像在許多故事裡那樣，連獅子、白熊這樣的猛獸都足以面對山怪們的威脅和危險。也由此可知，並不是所有的山怪都有無窮的威力。

哈爾沃因為這次接待陌生人鬧出的意外事件，反而獲得了意

外的好處。陌生人在山怪們聚餐的時候，應該正躲在哈爾沃家的側屋裡；當白熊亂追、亂撲山怪們時，他應該全都聽見了。所以當哈爾沃回來時，他倒是可以把整場混亂的原因告訴哈爾沃。那麼，當隔年從樹林中聽見山怪詢問貓的事，他自然可以糊弄山怪。當然，也不能完全排除一種可能性是，哈爾沃確實是有一隻貓的。那樣就會變成：山怪誤把白熊當成貓，而哈爾沃誤把山怪所說的貓當成是真正的貓。

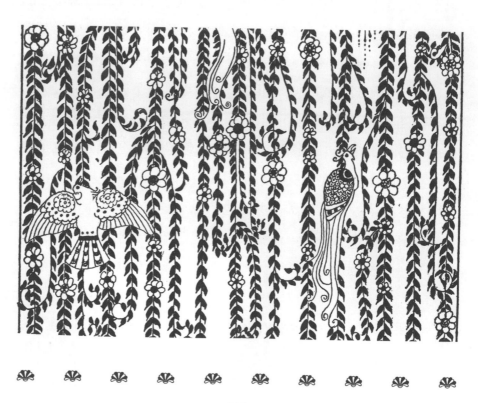

斯堪地那維亞民間傳說中的山怪

　　"Troll" 是個源自斯堪地那維亞的字詞，這種怪物沒有固定的中文譯名，可被翻譯成山怪、山妖、巨魔、洞穴巨魔、巨怪等，這種怪物在北歐各地傳說裡都有出現，早期認為山怪是邪惡的，並且會危害人類。他們遍布北歐各地，擁有大自然的一切，樹木湖泊河流統統歸他們所管。隨著人類漸漸開墾並擴大生活範圍，山怪也得因應情勢，避人類生活圈而居住。後來也有人認為山怪溫馴、生活自給自足不打擾人類。另外，也有一些傳說提到某些山怪甚至是善良的，靠近人類生活圈居住，並且幫助人類。如今，還有人相信山怪的確存在於這個世界，並非是想像出來的怪物，他們甚至成立相關的研究團體，主張某些現象就是山怪引起的。這些描述似乎也有些接近台灣民間傳說中的「魔神仔」。

　　有許多不同的神話生靈，或者說是種族，仍然存在於斯堪地那維亞的民間傳說之中。受到了基督教信仰的部分影響，甚至惡人有時也以惡魔為夥伴，或害怕基督教的象徵符號。這些生靈甚至懼怕一塊鐵或鋼，例如放置的刀刃或剪刀，或者鹽和火可能將

他們嚇走。關於這些生靈的生活和行為，以及他們與人類之間互動的故事，就構成了斯堪地那維亞民間傳說的主要部分。即使是善良的老精靈們（tomte, nisse, gårdbo or gårdbuk）也可以轉變成可怕的敵人，如果沒有被謹慎對待和尊重的話。由於他們之間的道德和居住地是相同的，所以他們之間有許多便相互融合。同樣地，當人們帶著精靈的觀念，從斯堪地那維亞的一個地區，移動到另一個地區時，也將如此。當這些民間傳說被收集和出版時，插圖畫家便開始為那些一直以來隱晦而神祕的生靈進行造型。這些生靈在歷經了造型和變形之後，便有了斯堪地那維亞人所熟悉的具體形象。

十二世紀中後期，法國詩人克里蒂安・德・特魯瓦（Chrétien de Troyes）在小說《珀西瓦爾爵士與聖杯的傳奇》中，第一次使用了"ogre"這個詞，中文譯為「食人魔」。食人魔幾乎繼承和發揚了山怪所有的負面涵義。在民間故事和小說中，他們被描繪成身材高大、智力低下，像野獸一樣獵食人類的怪物。和山怪一樣，這些傢伙也喜歡在人跡罕至的深山老林裡修築城堡，聚斂財富。很快地，他們便取代山怪，成為勇者鬥惡龍模式的騎士小說裡，經常登場的大反派。有些作品則將山怪的形象和地精重合在一起，演變為一種粗劣弱小的怪物。

自中世紀以來的許多作家，經常使用山怪一詞，漸漸地傾向把山怪作為邪惡角色，似乎也因為這個字本身的摩擦音（troll）。例如《魔戒》的作者托爾金是這個傳統的直接繼承者，他引介了一種觀點：山怪也是托爾金創造的精靈種族之一，他們有特定的語言，文化和固定的特徵，使他們可以被識別為山怪。托爾金創作《魔戒》系列深受北歐神話影響和啟發，在他的中土世界也有山怪的存在。而一樣深受神話故事影響的哈利波特系列小說的作者羅琳，在她的這個系列小說中的第一集《神祕的魔法石》裡描述：萬聖節晚上有個山怪闖入學校，後來哈利和榮恩聯手一起對付了山怪，解救了妙麗，三人後來也因此成為好友。在現代的各種相關作品中，常見到的是某種與岩石的關聯，無論是在英國最著名的奇幻小說之一《碟形世界》（*Discworld*），山怪們本身就是一種活著的岩石；或在《哈比人》（*The Hobbit*）中，陽光將他們變（回）成岩石；或電影《風雲際會》（*Willow*）中，山怪可以把人們變成石頭。

除了山怪的身材巨大，而且臃腫肥胖，甚至全身長滿長毛。他們通常樣貌異常醜陋，鼻子和耳朵巨大到和臉不協調的地步。而性格邋遢、粗暴、而且愚蠢，這些一般性的描述，在北歐各國還流傳著各具特色的山怪的描述。比如，挪威神話傳說中，山怪

擁有強大的變身能力，可以隨意變成任何形態。芬蘭神話傳說中，他們只有一隻眼睛，喜歡趁著深夜、濃霧或是暴風雨的時候襲擊人類。瑞典神話傳說中，他們專門襲擊婦女和小孩，並且偷盜財寶。瑟德蘭群島和奧克尼群島的神話傳說中，他們長著巨大無比的利爪，喜歡把人撕成碎片等等。

在瑞典的傳說故事中，如果人們不希望被山怪這些喜怒無常又怪力亂神的事騷擾，就在家門口懸掛槲寄生。用槲寄生驅趕山怪，不容易找到根據，大概這只是附會北歐的傳統而已。槲寄生是一種寄生植物，四季常青，果實藥用價值很高，所以在北歐深受崇拜。北歐人眼中，槲寄生代表著生命、豐產、幸福、希望等多重美好涵義。事實上，它們不僅被用來驅逐山怪，也被用來對付女巫和狼人。既然人類變得如此厭惡山怪，山怪當然也不願再和人類親近。他們搬到更加杳無人煙的地方，開始過著離群索居的生活。他們尤其仇恨大教堂的鐘聲，大概是那會讓他們想起被文明神排擠的糟糕回憶吧。也有傳說指出：山怪們喜歡喝粥，他們的長鼻子就是用來攪粥的，所以在聖誕夜，挪威農民都會準備一大碗粥飯放在門口。

綜合各種傳說將發現，山怪的神話意義或許是源於人們對山林的恐懼。不同於巨人的山體崇拜，山怪的神話意義，就形象來

說，就是蜿蜒曲折、山霧瀰漫的小路，不時發出怪響的密林，隨時可能出現危險的洞穴等等。概括而言，就是對深山可能包藏的種種潛在危險和未知領域所產生的恐懼。分析山怪的神話意義，有助於我們了解山怪誕生之初的形象。

在北歐的神話與民間傳說中，分別有幾種與山怪相似的生靈，分別是：（1）矮人或侏儒（Dwarf）；（2）精靈（Elf）；（3）地靈（Gnome）；（4）地精（Goblin）。一般而言，關於他們，存在著兩個比較常見的敘述系統，兩者有相似之處但不完全對應。「前托爾金系統」（Pre Tolkien system），被許多來自歐洲各地的童話故事所使用；此外，「托爾金系統」（Tolkien system），則主要見於托爾金的魔戒系列小說。山怪在這兩個敘述系統中，形象也有所不同。

在前托爾金系統中，山怪來自挪威神話和斯堪地那維亞的童話故事。他們通常體型高大，強壯且具有危險性的，但卻也很蠢。他們在陽光下經常會變成石頭，所以當一座山或岩石看起來像一個人，有時也會被稱為被陽光捕抓的山怪。雖然山怪通常是愚蠢的，但也有一些是聰明的。在一些童話故事裡，他們擁有由石化碳製造的魔法盒，可以進行遠距的溝通。他們有時利用這種魔法盒誘騙人類，看著愚蠢的演唱一遍又一遍，並且沉迷於虛幻

的人們，山怪做這些事會感到非常開心。而一些更壞的山怪做某些壞事只是為了捉弄人。

相對地，在托爾金系統中，山怪是非常巨大和笨重的。他們通常是以小群或單獨的形態居住，而不住在大城市裡。他們往往是邪惡的，喜歡傷害別人，甚至也經常吃人類。在陽光下他們也有可能變成石頭。與其他生靈的差異分別為：

（1）矮人（Dwarf）：前托爾金系統中的矮人，主要來自日耳曼／挪威的神話和民間故事。矮人和精靈都屬於半神，他們為神服務。他們通常是醜陋的，又矮又壯，而且有鬍子。他們不會永遠活著，但還是比人類更長壽。他們沒有太多的魔法，喜歡挖地和住在礦坑裡，並且善於製作金屬器物。矮人們因為品性欠佳，眾神罰他們只得居住在大地的下方，而且不得被白天的光線所照射到，否則的話他們就會變成石頭或者溶化掉。相對地，在托爾金系統中，並沒有對這種特性做什麼改變，因此對他們的描述幾乎與神話與民間傳說中的相同。矮人是北歐神話（日耳曼神話）中的重要的特殊創造物，他們習慣住在山裡、地底或礦井，喜歡石頭、冶金，具有高超的工藝技巧，擅長魔法、盧恩文字（Runes），並且是許多神器的製造者。

（2）精靈（Elf）：前托爾金系統中的精靈，也來自日耳曼神

話。他們大量出現在英國和斯堪地那維亞的童話故事裡。發光的精靈們因為美麗溫良，得以和眾神比鄰而居，在神國的四周建造了精緻的精靈國。他們通體發亮、光明耀眼，長得非常美麗；通常性情溫良、開朗熱情，能和樹木花草、游魚飛鳥彼此溝通，因此眾神就把他們作為神的朋友。他們也經常幫助眾神管理世界，特別是日月星辰等一類事務。他們有時很像仙女，小巧可人，常常願意幫助人，但有時也會耍點狡詐。他們有時可能很像矮人，就像聖誕老人。相對地，在托爾金系統中，精靈長得很高，通常沒有鬍子。他們可以長久活著，但卻可以被殺死。他們有魔法，通常生活在森林和使用弓箭。他們往往很有教養和明智。

（3）地靈（Gnome）：在前托爾金系統中，地靈來自於煉金術士所杜撰的故事。他們通常很小，而且住在地底下。他們有時擁有魔法。花園是一個有可能見到地靈的地方。他們有時很接近地精，而通常是醜陋的。在托爾金系統中，托爾金本人用這個名詞來專指某種類型的精靈。他們長得很矮，有時是有鬍子的。他們有時可以長久活著，並且經常是有魔法的。有時他們會住在洞穴裡，往往是狡詐或聰明的。

（4）地精（Goblin）：前托爾金系統中，地精通常體型很小，介於像小仙女到矮人的大小。他們通常住在地底下，而且不

友善，有時是狡詐和惱人的，有時甚至是邪惡和會吃人的。在托爾金系統中，地精通常是邪惡的。他們通常有深色或綠色的皮膚，沒有鬍子。經常也是奸詐的，喜歡傷害人類。他們有時有魔法，並經常住在洞裡。獸人（Orc）通常是較巨大和強壯的地精。

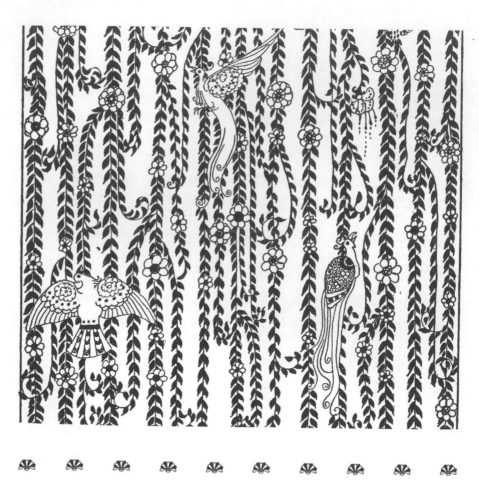

日之東‧月之西：北歐故事集

East of the Sun and West of the Moon
Old Tales from the North

作　　者　　彼得‧克利斯登‧亞柏容森（Peter Christen Asbjørnsen）、
　　　　　　容根‧因格布利森‧莫伊（Jørgen Engebretsen Moe）原著

編　　譯　　劉夏泱

插　　畫　　凱‧尼爾森（Kay Rasmus Nielsen）

裝幀及封面設計　　呂德芬

攝　　影　　劉信佑

責任編輯　　張海靜、劉素芬

行銷業務　　郭其彬、王綏晨、邱紹溢

行銷企畫　　陳雅雯、張瓊瑜、蔡瑋玲、余一霞、王涵

副總編輯　　張海靜

總 編 輯　　王思迅

發 行 人　　蘇拾平

出　　版　　如果出版

發　　行　　大雁出版基地

　　　　　　地址 台北市松山區復興北路 333 號 11 樓之 4

　　　　　　電話 02-2718-2001

　　　　　　傳真 02-2718-1258

　　　　　　讀者傳真服務 02-2718-1258

　　　　　　讀者服務信箱 E-mail andbooks@andbooks.com.tw

　　　　　　劃撥帳號 19983379

　　　　　　戶名 大雁文化事業股份有限公司

出版日期　　2017 年 7 月初版

定　　價　　380 元

ISBN 978-986-94806-3-5

歡迎光臨大雁出版基地官網

www.andbooks.com.tw

訂閱電子報並填寫回函卡

有著作權‧翻印必究

國家圖書館出版品預行編目（CIP）資料

日之東.月之西：北歐故事集 / 彼得.克利斯登.亞
柏容森(Peter Christen Asbjornsen), 容根.因格布利
森.莫伊(Jorgen Engebretsen Moe)原著；劉夏泱編
譯. -- 初版. -- 臺北市：如果出版：大雁出版基地
發行, 2017.06
　　面；　公分
譯自 : East of the sun and west of the moon : old tales
from the North
ISBN 978-986-94806-3-5(平裝)

881.457　　　　　　　　　　　　106008145